QUADRILLE

Mère de trois enfants, Inès Benaroya est chef d'entreprise installée à Paris. Ses romans *Dans la remise*, *Quelqu'un en vue*, *Bon genre* et *Quadrille* ont été reconnus et loués par la presse et les libraires.

Paru au Livre de Poche :

BON GENRE

INÈS BENAROYA

Quadrille

FAYARD

© Librairie Arthème Fayard, 2020.
ISBN : 978-2-253-07992-7 – 1re publication LGF

« La lueur timide et fugitive, l'instant-éclair, le silence, les signes évasifs – c'est sous cette forme que choisissent de se faire connaître les choses les plus importantes de la vie. »

Vladimir JANKÉLÉVITCH

En fin d'après-midi, nous sommes passés devant la maison du photographe. J'ai jeté un œil distrait par-dessus le muret, comme si c'était une maison comme les autres. La broussaille avait grimpé à hauteur d'homme, dévorant les terrasses, les escaliers et les jolies platebandes. Les sentiers qui autrefois descendaient vers la mer avaient disparu. À peine distinguait-on encore les restanques qui s'éboulaient sous les herbes folles. Échouée dans le chaos végétal, la maison semblait une épave, propulsée des ténèbres par une force qui aurait fendu la terre et déchiré le maquis. Les volets et la façade avaient pris une teinte grise brouillée par les années de corrosion saline et d'exposition au soleil. Rien ne rappelait la splendeur d'antan. Le temps avait réduit la beauté à néant.

Thibaut continuait à bavarder. Je n'avais presque pas ralenti le pas, à la façon d'un promeneur, en parfaite maîtrise de mon bouleversement intérieur. Sans doute se réjouissait-il de la randonnée, sans s'inquiéter de la légère moiteur qui se dégageait de ma main serrée dans la sienne. Pour qui découvre l'île pour la première fois, la perspective est spectaculaire. Le chemin de terre serpente à flanc de colline le long de la mer. Çà et là, des îlots pierreux émergent et, au large, vallonne le Péloponnèse. Les eucalyptus, les pins et les figuiers sauvages ponctuent la côte. Au printemps, la garrigue est en fleurs et se couvre de hauts herbages aux éclats vifs, rouge, jaune, parme. Je n'avais connu l'île qu'en été, quand affleure la terre aride et poussiéreuse. Le changement de saison rendait le paysage méconnaissable.

De quoi étions-nous en train de discuter ? Je me rappelle m'être tue en passant devant la maison du photographe, quelques secondes d'un silence que je n'aurais pu expliquer si Thibaut s'en était alarmé. J'ai ressenti une joie brève. Les habitants avaient disparu, laissant leur paradis aller à sa perte, tandis que j'avais toujours un rôle à jouer, celui d'une femme insouciante, flânant sur un chemin enchanteur avec son compagnon. La tristesse m'a vite rattrapée. Les apparences sont trompeuses et je n'avais au fond aucune raison de me réjouir.

Thibaut n'a pas prêté attention à la maison. À moins d'une attirance pour les ronces et les gravats, il n'avait aucune raison de s'attarder. Les rares demeures qui, par ici, surplombent la baie sont plutôt modestes. Il y a d'autres propriétés bien plus remarquables sur l'île, de l'autre côté du port. Et moi, je n'ai pas dit un mot. Je n'ai pas évoqué les murs à la chaux, autrefois si blancs, en courbes et en renfoncements, comme organiques. Je n'ai pas raconté les enfants en contrebas, lorsqu'ils nageaient dans la crique, oublieux de tout. Ni la chaleur quand le soleil venait finir sa course face à la maison, rien n'y faisait, tonnelles, persiennes, treillages, un feu si ardent qu'on avait presque hâte qu'il disparaisse enfin derrière les renflements du Péloponnèse.

J'ai fait comme Thibaut. Ma main dans la sienne, je suis passée devant la maison du photographe comme pour la première fois.

Dans la nuit et alors que Thibaut dormait, j'ai cherché sur mon téléphone le nombre d'îles que compte la Méditerranée. J'ai été surprise par l'approximation. Impossible de trouver un chiffre précis, à croire que j'étais la première à me poser la question. Un article faisait cas d'environ six mille îles en Grèce – cela donnait tout de même un ordre d'idée. Les chiffres sont irréfutables. Ils ne laissent pas de place à la spéculation. La probabilité pour que Thibaut choisisse cette île était infime. Si j'avais été superstitieuse, j'y aurais vu un signe, mais j'avais cessé de prêter aux événements ou aux objets la moindre signification au-delà de leur nécessité. Le hasard régissait les faits, du moins c'est ce que je voulais croire, et le hasard n'a pas de mémoire. Nous étions sur l'île, coïncidence malheureuse, mais purement fortuite, à la façon des mises en garde dans les fictions. Thibaut ne pouvait pas deviner. Je n'avais rien laissé paraître à l'aéroport lorsqu'il m'avait révélé, cartes d'embarquement à la main et non sans fierté, qu'il m'emmenait *sur la plus belle île grecque*.

Sans le savoir, il avait lui-même contribué à l'omerta lorsqu'il avait suggéré, peu après notre rencontre et dès qu'il avait senti que notre histoire prenait un tour sérieux, que nous ne partagions que l'essentiel. On essaie de s'en dire le moins possible, avait-il proposé, rien que ce qui compte vraiment. À nos âges, on se trimballe forcément des casseroles, je n'ai pas envie de ressasser mes rancœurs, avait-il ajouté, être avec toi comme neuf, qu'en penses-tu ?

Je ne pouvais en penser que du bien. Le hasard et le silence constituaient à cette époque les deux dimensions de ma réalité. Même si je n'étais pas certaine de maîtriser la notion, j'ai accepté la proposition. Nous ne partagerions que l'essentiel.

Thibaut a proposé qu'on s'arrête boire un café sur le port. Je me suis souvenue qu'on servait le meilleur chez Takis, mais les propriétaires avaient peut-être changé, depuis le temps. Combien de temps ? J'ai toujours été mauvaise avec les dates – à moins que ce soit l'inverse. Les dates me jouent des tours, elles s'entremêlent dans les fils relâchés de mes souvenirs, elles permutent ou se chevauchent, et finissent par glisser dans l'oubli. J'ai vaguement essayé de calculer, puis j'ai abandonné. J'ai laissé Thibaut faire, qui s'est installé ailleurs. Pendant que nous buvions notre café trop sucré, j'ai vu passer le long du port la femme qui tenait la pension de famille où nous étions descendus, avec Pierre et les enfants. Elle avait pris un coup de vieux, mais je l'ai reconnue à son chignon, à peine plus rabougri. Elle n'a pas regardé dans notre direction. M'aurait-elle reconnue ? J'avais moi aussi pris un coup de vieux. Un sacré coup de temps.

Jeanne a téléphoné. Elle était impatiente de savoir où nous étions. Thibaut avait organisé le voyage dans le plus grand secret, même mes enfants ne connaissaient pas la destination, l'effet de surprise contribuant à l'esprit festif voulu pour l'occasion – mon anniversaire. Thibaut avait insisté pour que les choses se déroulent ainsi. Le sens de la célébration, qu'il avait chevillé au corps, lui venait sans doute des longues années passées loin de tout. L'éloignement lui avait donné le goût des fêtes et des retrouvailles – à l'inverse de moi.

Je me suis levée pour parler à ma fille un peu à l'écart. Je ne voulais pas que Thibaut m'entende mentir. J'ai fait quelques pas le long du quai et j'ai pris une voix enjouée pour citer un nom au hasard, une autre île grecque, la première qui s'est présentée à mon esprit. De toutes les possibilités, c'était la plus catastrophique et je ne voulais pas gâcher la joie de mes enfants. Ils étaient attachés à Thibaut, qu'ils avaient accueilli dans notre existence avec chaleur. Alors j'ai menti, comme je mens maintenant pour protéger ceux que j'aime et dont les fragilités m'apparaissent avec une acuité démesurée. J'ai voulu protéger Thibaut, Jeanne et son frère Guillaume qu'elle aurait probablement alerté dès que nous aurions raccroché. Ils se seraient alarmés, maman est sur l'île, ils auraient repensé *à tout ça* – mais peut-être me trompais-je, peut-être se serait-elle consumée d'angoisse sans rien dire, protégeant en aînée dévouée son frère. Au fond, je ne savais rien de ce que partageaient Jeanne et Guillaume. Qu'importe. J'ai pensé qu'il serait plus facile d'en parler plus tard, face à face et sa main dans la mienne comme j'avais l'habitude de le faire depuis que je connaissais Thibaut. Avouer presque honteusement à mes enfants que

13

par un aléa d'environ un sur six mille, j'étais revenue sur l'île.

Sur l'île, tout le monde connaît la maison du photographe. Elle fut la propriété d'une sommité locale, un Grec fantasque mi-jet-set mi-hippie, dont le travail photographique n'a laissé aucune trace au contraire de ses amitiés légendaires avec les Onassis, Mick Jagger et Leonard Cohen. Viola et Salva avaient acheté la maison à sa mort dans les années deux mille et on avait continué à l'appeler la maison du photographe. Salva avait des origines grecques par sa mère ; enfant, il venait en vacances sur l'île. Du peu que je sais d'eux, il y a cette information, glanée par miracle et précieusement conservée – un détail insignifiant arraché au flou qui recouvre leur souvenir. On lui avait proposé l'affaire en direct, c'est ainsi que les transactions se font ici, par réseau. La maison est accrochée à une petite falaise au-dessus de la mer, sur l'un des emplacements les plus escarpés de l'île. Où que vous soyez, le bleu vous saute au visage, à travers chaque fenêtre ou sur chacune des nombreuses terrasses. Je me souviens d'avoir dit à Pierre que c'était presque trop, cette mer partout, comme si la maison était à la fois un bateau et un astronef, comme s'il n'y avait plus de frontière. Tu plaisantes, m'avait-il répondu, cet emplacement est inestimable. Il y a des gens qui paieraient des fortunes pour une vue pareille. Pierre était un pragmatique. Il savait la valeur des choses. Ça ne l'a pas empêché de sombrer, lui aussi.

Thibaut a voulu se baigner. J'ai pris prétexte de la température pour y échapper, en avril l'eau est encore fraîche, mais Thibaut a le cuir épais, comme il dit. Je l'ai regardé s'ébrouer comme un chien, d'une nage nerveuse il s'est éloigné du ponton où je m'étais assise. La vie tient à peu de choses, ai-je pensé. Ce jour-là, elle tenait à cette petite masse écumante, une tête d'allumette qui émergeait de l'eau. Je me suis efforcée de ne pas quitter Thibaut des yeux, effarée par la solitude sur le ponton au-dessus de la mer. J'ai voulu lui crier de revenir, mais les collines autour de la baie formaient un vaste cirque où mes appels auraient ricoché. Ils me seraient revenus dans un écho froid, un désert de pierres et de lande, presque mort.

Nous avons passé notre dernière soirée dans une taverne en retrait du port, à la décoration moderne et impersonnelle, où je me suis sentie moins oppressée. La soirée était douce et le restaurant tranquille. Thibaut respectait mon silence et parlait peu. Il a passé commande, les plats sont arrivés et nous avons dîné. De temps en temps, il souriait ou tendait sa main pour que j'y mette la mienne. Son teint avait pris un léger hâle et il avait l'air reposé. Thibaut n'est pas un bel homme, un peu trop petit, un peu dégarni, mais à cet instant je l'ai trouvé beau, de cette autre beauté de ceux qui vous font du bien. Je m'en suis soudain voulu de lui avoir menti. Il ne méritait pas ma lâcheté. J'ai rassemblé mon courage, mis ma main dans sa main et je lui ai avoué que j'étais déjà venue sur l'île, avec Pierre et les enfants, quand ils étaient

15

petits. Il s'est étonné. Pourquoi ne m'as-tu rien dit ?
J'ai bafouillé, j'avais peur de te décevoir, tu t'es
donné tant de mal pour ta surprise, j'ai eu peur de
tout gâcher. Un voile est passé dans son regard, puis
il a dit que c'était idiot, que ce n'était pas *sa* surprise,
mais la mienne, et que ça n'aurait rien gâché, au
contraire, nous aurions pu nous amuser de la coïncidence, être complices. J'ai baissé la tête et je me suis
excusée. Ne t'excuse pas, Ariane. La prochaine fois,
promets-moi de faire moins de mystère. J'ai relevé
les yeux et j'ai promis. Faire moins de mystère – une
promesse vague, rien de très engageant en somme.

Ils sont venus visiter ma nuit. Impuissante, j'ai
assisté à leur ballet, une représentation comme ils en
avaient le secret. Ses jambes d'araignée à demi pliées,
Salva tournait autour de Viola en ondulant son corps.
Viola ne le quittait pas des yeux, sa tête pivotant
comme une toupie dans une rotation impossible et
sans fin. La bouche de Salva tissait un fil blanc dont
il entourait le corps de Viola et bientôt une chrysa-
lide cotonneuse l'a recouverte à l'exception de sa
tête insensée qui continuait de tournoyer. Pierre s'est
approché et je l'ai vu disparaître dans l'écheveau. J'ai
tendu la main, moi aussi, je voulais me faire avaler.
J'ai laissé l'ouate pénétrer mes narines, ma bouche,
mon ventre, une délicieuse et suffocante dévoration.

Je me suis mise d'accord avec Thibaut dans l'avion
du retour. Nous ne dirions pas à Jeanne et Guillaume que nous étions allés sur l'île. J'avais réfléchi.
J'avais donné une autre indication par téléphone,

je préférais me tenir à cette version. Thibaut a hésité, réticent à mentir aux enfants, mais mes arguments tenaient la route. Je ne voulais pas remuer les souvenirs liés à une époque où leur père était encore en bonne santé, auprès de nous. C'était plausible. Il a fini par accepter.

Le mensonge n'a pas été difficile à tenir. Les enfants nous ont peu questionnés. Thibaut s'est étonné de leur manque de curiosité, mais il n'a pas insisté. Il faut dire que les apparences jouaient en notre faveur. Jeanne, Guillaume et moi formions une cellule soudée. Après le divorce, nous nous étions installés dans un petit appartement du XVe arrondissement de Paris où nous coulions des jours sans histoires. Jeanne et Guillaume avaient grandi, ils poursuivaient leurs études et mis à part la blessure de Guillaume, rien ne les différenciait des autres enfants. J'avais peu de contacts avec Pierre qui à présent vivait en Bretagne, si ce n'est pour le strict nécessaire en lien avec les enfants. Thibaut savait que la séparation avait été compliquée, que les enfants étaient restés un temps sans voir leur père et que les choses étaient peu à peu rentrées dans l'ordre. Il n'avait pas demandé de détails, respectueux de sa propre consigne.

Rien que du très banal.

La vérité était d'une autre nature. Notre absence de curiosité faisait partie du tableau clinique. Comme la modestie, la simplicité de nos échanges, notre perpétuelle tempérance. Cette douce stupeur révélait une incapacité relationnelle devenue structurelle, dont Jeanne, Guillaume et moi souffrions de la même façon. Nous nous méfiions des questions, nous en posions rarement parce que nous ne savions plus faire la part des choses entre bienveillance et ingérence. Nous étions réduits à nous contenter des grandes lignes émotionnelles, sans nuance ni ambition, et la tendresse que nous manifestions était d'une forme particulière, quasi désincarnée. Sous des couverts placides, la peur ne me lâchait pas d'une semelle. Mes enfants avaient beau être presque adultes, je ne les quittais pas des yeux, terrorisée à l'idée d'un dommage collatéral inédit, prêt à surgir au détour d'un jour paisible pour ravager de nouveau notre existence. Sans doute les enfants nourrissaient-ils les mêmes craintes. Ils exerçaient, je crois, la même surveillance discrète sur moi et je ne saurais dire au fond qui protégeait qui, et s'ils n'étaient pas encore plus inquiets pour moi que je ne l'étais pour eux.

Je peux décrire avec précision la première fois que j'ai vu Viola. Je me souviens de la foule qui se pressait sur le port, écrasée par la lumière du midi. Je me souviens des odeurs de mer et de gasoil, j'entends le brouhaha des langues étrangères et des cris d'enfants – je sens même la légère gêne que me faisaient mes sandales alors que je rentrais après avoir fait quelques courses. La scène est gravée dans ma chair et lorsque je la convoque, entre douleur et réconfort elle se présente à ma conscience, le film se lance et je revois Viola émerger du flot de touristes. Elle porte une longue tunique blanche qui vole entre ses jambes. Son immense chapeau de paille dessine des ombres sur sa peau claire. Elle n'est encore qu'une silhouette sans *anima*, une femme croisée sur un port de Grèce, rien de plus qu'une de ces personnes qui par milliers mettent un pied dans votre existence et disparaissent avant d'y avoir engagé le second, laissant derrière elles une onde impalpable, une sensation de vide, ou de regret. Je la vois pour la première fois et pourtant, à la grâce que je devine sous le clair-obscur de la capeline, il me semble la reconnaître, comme la résurgence d'une image familière et insaisissable, la cristallisation d'un souvenir tombé dans le puits de l'enfance, sans que cela ne soit triste.

Je dois faire vite, m'imprégner de la vision, bientôt elle ne sera plus là. Dissimulée par le flot des touristes, je m'arrête, et quand le chapeau de paille se tourne vers moi, mon souffle se fait court, et quand le voile blanc se rapproche, je vacille. Puis Viola se tient devant moi et il est question d'une plage où nous nous sommes croisés hier, nos enfants semblent avoir le même âge, il faut qu'ils se rencontrent. Viola vocalise plus qu'elle ne parle, j'écoute la mélodie avant les paroles, et je souris, envahie déjà par la sensation d'insignifiance qui toujours brûlera lorsque je serai auprès d'elle. Nous habitons la maison du photographe, ajoute-t-elle, venez donc prendre un verre en fin de journée, et elle disparaît dans les vapeurs de coton et de paille molle.

Tout a commencé ainsi. La grâce s'est présentée de cette façon-là. Un visage s'est détaché de la foule, balayant d'un coup de capeline ce que ma vie avait de trivial, de machinal, *avant*. Viola s'est imposée à moi comme à certains s'impose la foi, comme une révélation. Depuis ce jour sur le port, le film se joue sans trêve, instant de bascule qui fait émerger Viola des brumes du néant, impatient de se réinventer à chaque fois et de me cueillir encore sous la lumière du midi. Parfois, Viola quitte le port en bousculant un enfant qui joue sur les pavés. Dans un autre de mes caprices, elle s'attarde auprès d'une mule et lui tend un morceau de pain.

Je ne suis pas dupe. Je sais que rien ne s'est vraiment passé ainsi et qu'année après année, mes souvenirs se superposent au réel jusqu'à le frelater tout à fait. Mais la distorsion à laquelle ma mémoire soumet les faits me procure une forme de primauté, comme si j'avais encore la main, comme si je pouvais m'approprier, malgré le temps et mon insuffisance toujours tenace, un peu de Viola.

Pierre a eu des réticences. On n'est pas venus jusqu'ici pour se farcir des mondanités, a-t-il râlé lorsque je suis remontée du port. Une femme que je ne connaissais pas, une invitation lancée à la va-vite – ça n'était pas sérieux. Pierre ne plaisantait pas avec le sérieux. Chaque situation était scrupuleusement évaluée au prisme de sa pertinence, selon des critères rationnels et bien définis. Pierre était un homme précis, et la plupart du temps, je m'en remettais à son jugement que je percevais plus éclairé, plus fiable que le mien. Sa clairvoyance lui venait de famille, parents, frères et sœurs, cousins à la pelle, une vaste ascendance bretonne établie entre bourgeoisie et terroir, des générations d'hommes solides et de femmes vaillantes dont j'admirais la généalogie limpide et richement documentée. J'avais épousé Pierre autant que son clan, fière de m'être greffée et d'y avoir inscrit mes enfants – un socle dont on ne pourrait jamais les démunir. En contraste, ma filiation faisait grise mine, rien qui soit courageux ni limpide. J'aurais autant aimé l'oublier si bien que j'évitais d'en parler, à Pierre ou à mes propres enfants. J'étais la femme de Pierre, entièrement.

Cet été-là, les choses allaient différemment. Pierre se trouvait depuis huit mois au chômage. La société de pneumatiques qui l'avait employé depuis la fin de ses études s'était débarrassée de son *middle management* avec une brutalité désarçonnante – le plan social avait fait l'actualité pendant des semaines. Pierre avait jusqu'alors donné sans compter, son travail comme une boussole, et depuis qu'il était privé du point cardinal de l'entreprise, il errait dans sa propre existence, stupéfié par sa soudaine inutilité. Je l'accompagnais de mon mieux, tâchant de faire valoir l'opportunité qu'au fond cet accident de parcours représentait, faire le point, réfléchir à la suite, imaginer autre chose, ensemble. C'est moi qui avais eu l'idée de ces vacances en Grèce, une dépense certes irraisonnable, mais qui avait valeur de récompense à contre-courant, l'occasion de nous retrouver malgré tout, en famille, sur une île un peu sauvage pour déconnecter, reconnecter, préparer notre plan de bataille. Il traversait un passage à vide ? Je prenais le relais. Au plus sincère de mon rôle de compagne, j'étais persuadée qu'il fallait le secouer et réveiller son inspiration.

J'ai fait valoir auprès de Pierre l'importance des amitiés adolescentes nouées pendant les vacances. Jeanne avait quinze ans, Guillaume treize. Le tête-à-tête avec leurs parents les ennuyait gentiment. Juste une soirée, ai-je promis, faire le lien et laisser les enfants se débrouiller ensuite. Même pour toi, ai-je argumenté, un peu de distraction ne te fera pas de mal. J'ai peut-être accompagné mon laïus d'un sourire un peu chatte, ou d'une œillade câline, usant sans malice de mes charmes comme on fait parfois pour obtenir gain de cause auprès de ceux qu'on aime et dont on connaît le cœur tendre. Rien d'excessif, mais tout de même une insistance, alimentée en arrière-plan par le mouvement gracile de la capeline se tournant vers moi, en écrin autour du visage de Viola.

Avons-nous parlementé longtemps ? Cela ne nous ressemblerait pas. Nous formions un tandem facile à diriger, un couple robuste – de ceux qui s'adaptent sans s'encombrer d'affaires de principes, intrinsèquement heureux de faire paire, et qui topent sans se dérober, à la vie à la mort. Pierre a fini par céder, avec un sourire dont je n'ai pas gardé le souvenir, mais que j'extrapole aisément.

Je dois reconnaître l'enchaînement des faits. Affronter la réalité sans chercher d'autres explications. La vérité est sans appel. Pour assouvir une nature obscure, j'ai joué avec la tendresse de l'un et le jeune âge des autres. Si j'avais écouté la prudence de Pierre. Si j'avais respecté l'indolence de l'adolescence. Si j'avais pu me satisfaire autrement, nous serions encore ensemble, tous les quatre à nous ennuyer gentiment.

Sur le chemin pierreux qui mène du port à la maison du photographe, Jeanne et Guillaume marchent devant nous. Jeanne porte un short en jean et malgré ses quinze ans, un débardeur rose à l'effigie du chat *Hello Kitty*. Elle a pris quelques kilos ces derniers mois. Les déboires de l'adolescence, d'après le médecin, rien d'inquiétant. Ses cheveux dont elle n'aime pas les frisures sont tressés, mais des mèches rebelles ont jailli de la natte et entourent son visage de boucles qu'elle combat en vain. Guillaume trottine à ses côtés. C'est le dernier été où il a encore la stature d'un petit garçon – et sa démarche valide. Il porte un maillot de foot, je revois sans pouvoir le lire le nom du joueur floqué dans son dos. Pour ne rien perdre de ce que lui dit sa sœur, il avance en crabe, sur la pointe des pieds, et son visage de profil se dresse vers Jeanne. Je distingue les plis bronzés de sa nuque parsemée d'un duvet presque blanc. Comment font ces deux-là pour avoir en permanence quelque chose à se dire, commente Pierre. Je souris. Ils tiennent ça de toi, mon chéri, toujours un commentaire, à tout propos, comme toi !

Je ne prononce pas ces mots taquins. Je suis une épouse douce, une personne civile, bien intentionnée. Je ne pointe pas du doigt les travers de mes proches, je ne fais pas de reproches, surtout pas à Pierre. Je sais que rien n'est simple. Inutile de faire des vagues. Je ne dis jamais vraiment ce que je pense et je suis certaine d'agir comme il le faut. Sourire aux lèvres, nous cheminons côte à côte, sans nous toucher, sûrs de nous. Nous ne nous touchons pas beaucoup ces derniers temps. Je n'en veux pas à Pierre. Il n'a pas la tête à ça. Compréhensive, je voudrais qu'il se déride, que nous passions une bonne soirée, alors je glisse mon bras sous le sien à l'approche de la maison. Il accuse réception de mon attention en me serrant un peu contre lui, puis il se dégage, il fait trop chaud.

À l'autre extrémité du temps, de l'espace et de la tranquillité, je nous observe, abasourdie par notre naïveté. Nous longeons la mer sur le sentier de terre, émerveillés par la beauté de l'existence. Nous ne voulons pas vivre hors des clous. Nous ne cherchons pas à décrocher la lune. Nos quatre existences constituent notre bien le plus précieux et même nos frustrations semblent légères. Nous savons nous satisfaire et notre modestie nous honore. Je m'observe, étrangère à moi-même au point que je peine à me souvenir d'avoir été cette femme pleine d'allant, prompte à délivrer ses conseils et investie par la volonté de bien faire. Entêtée, je cherche un indice. Le verre était-il fêlé ? Y avait-il un accroc, imperceptible faiblesse dont nous aurions pu nous méfier ? Qu'aurait-il fallu changer, si c'était à refaire ?

Mes questions se perdent dans les méandres du temps, impuissante à atteindre ce qui fut. De loin, très loin, j'assiste une fois de plus aux prémices du drame.

Pierre cherche la sonnette autour de la grille bleue. Il n'y en a pas. C'est un signe, Pierre. Pas de sonnette, pas de visiteurs. Prends ta famille sous le bras et rebrousse chemin. Il bougonne et continue de chercher. Les enfants sont silencieux, un peu intimidés. Je pourrais dire quelque chose, c'est le moment, proposer une alternative, sentir le vent tourner, renoncer. Je me tais. Pierre se décide à frapper contre la plaque métallique. Je ne retiens pas sa main. La serrure n'est pas enclenchée. La porte s'ouvre sur le jardin en pente raide et les enfants poussent des cris de joie en découvrant en contrebas l'eau miroiter dans l'or du couchant.

Thibaut et moi étions ensemble depuis neuf mois au moment de notre séjour sur l'île. C'est peu, mais à nos âges, c'est suffisant pour savoir que *ça compte*, disait Thibaut. Tu es importante, ajoutait-il, je l'ai tout de suite senti, je fais confiance à mon instinct, avec l'âge il s'est aguerri, c'est un bon guide.

La certitude de Thibaut me bouleversait, autant que son aisance à partager ses sentiments. Il n'était pourtant pas du genre à s'emballer. Plus jeune, il avait été marié, mais ça n'avait pas fonctionné – une erreur d'aiguillage, commentait-il avec sobriété. Depuis, il avait connu plusieurs femmes dont quelques belles rencontres, mais rien de vraiment engageant. Sa trajectoire simplement déroulée me faisait l'effet d'un parcours de santé, un enchaînement de relations et d'événements comme une promenade rythmée d'activités dénuées de catastrophes – ce qui rendait impossible le moindre parallèle avec ma propre équipée.

Neuf mois auparavant, j'avais dû me rendre au commissariat pour porter plainte au sujet d'une broutille de la vie courante. J'avais patienté, assise à côté d'un homme qui lui aussi attendait d'être reçu par un officier. Nous avions échangé quelques phrases, des banalités polies, quelques généralités sans importance, pourtant Thibaut affirmait avoir ressenti quelque chose, une vibration particulière, comme une curiosité. Son instinct avait parlé. Toi aussi, disait-il avec tendresse, sinon pourquoi aurais-tu accepté le café que je t'ai proposé à la sortie ?

En guise de réponse, je me contentais de sourire, mais le fait est que je n'avais rien senti sur le banc du commissariat. Pas la moindre vibration. À cette époque, je tenais mon instinct muselé comme jamais. Trop d'exactions avaient été commises, il n'était plus question de le laisser vibrer, encore moins m'orienter. Je me méfiais des pulsions qui autrefois m'avaient saisie et si mal conseillée et j'avançais avec des œillères, les rênes au plus serré, ne considérant que le minimum pour ma survie et celle de mes enfants. Que dire, alors, du café que j'avais accepté ? Tandis que Thibaut vantait les mérites de l'instinct, je préférais miser sur le hasard – un coup de bol, pour ainsi dire – qui expliquait notre rencontre et nos neuf premiers mois sans nuages. Que pouvais-je opposer à Thibaut ? S'il avait raison, si une force intérieure m'avait incitée à accepter son invitation, alors le mieux serait qu'il prenne ses jambes à son cou et qu'il file loin de moi – éviter à tout prix de s'embarquer dans l'étrange processus d'entremêlement des vies, naïf au point de s'enorgueillir, quelques mois plus tard, d'une relation avec une femme saccagée. Je me contentais de lui sourire, d'un sourire si flou qu'il était impossible de discerner s'il était sincère ou simplement poli, tandis que son discours sur l'instinct me terrassait.

Thibaut habitait non loin de chez nous, dans le XIVᵉ arrondissement. Il était médecin et cela avait son importance. Je suis moi-même fille de médecin et jusqu'à mes dix ans, j'ai vu mon père quitter à l'aube le domicile pour faire ses visites et revenir vers midi, affamé, empli d'anecdotes que ma mère et moi écoutions doctement pendant le repas. À peine mon père avait-il avalé son déjeuner qu'il enfilait sa blouse blanche et rejoignait son cabinet situé au rez-de-chaussée de la petite maison de banlieue où nous vivions tous les trois. La longue revue des patients durait jusque tard dans la soirée. À la façon des couples de commerçants, ma mère orchestrait l'intendance — accueil, rendez-vous, courrier administratif. J'avais six, huit ans, et comme la plupart des enfants, le monde m'apparaissait au travers du regard de ma mère pour qui mon père, un simple médecin de quartier, était un héros. Elle détestait les imprévus et les à-peu-près, et bataillait pour que nos existences ne s'aventurent jamais au-delà des limites d'un parcours cadré, parfaitement exécuté. C'est au prix de cette exigence qu'elle pouvait aspirer au bonheur et je savais qu'elle comptait sur moi pour l'aider à atteindre cette harmonie. Parfait, bien sûr, rien ne l'était, à commencer par moi, mais il fallait jouer à faire semblant et c'est ainsi que j'ai appris. Mets cette robe, ton père l'aime beaucoup, ordonnait-elle. Tiens-toi tranquille, ton père est

29

fatigué. Applique-toi et récite ta poésie. Souris. Va te coucher.

J'ai conservé de mes dix premières années le souvenir heureux et triste d'un Eldorado. Plus tard, j'ai compris que cette comédie avait une fonction unique et névrotique, celle d'offrir à mon père la représentation idéale de sa propre famille, l'arme ultime de ma mère pour le garder auprès d'elle. Elle a cru bien s'y prendre, et quand son entreprise a échoué, je me suis mise à détester mon enfance.

Thibaut pratiquait une autre médecine. Il travaillait pour le compte d'une ONG qui l'envoyait sur le terrain, des lieux sensibles, souvent dangereux, où il sauvait des vies au quotidien. Entre deux missions à l'étranger, il travaillait dans le dispensaire parisien d'un quartier modeste au service des plus démunis. Comme mon père, il menait une guerre héroïque, mais à sa différence, sa vie décousue et frugale, faite de départs et d'absences, lui avait rendu impossible la construction d'une famille. Il ne s'en plaignait pas. Il se disait sans désir de domicile fixe, peu habitué aux larges tribus, et je l'ai cru sur parole, imaginant qu'il pourrait se satisfaire de mes sourires flous et de ma présence sans consistance.

Par hasard et depuis cinq ans, je travaillais moi aussi dans le médical, comme secrétaire dans un gros cabinet dentaire situé boulevard Raspail – un emploi en parfait décalage avec ma vie d'avant. J'y passais des journées monotones, affairée à des tâches répétitives qui convenaient parfaitement à mes nouvelles exigences. Après le café du matin, ma conscience s'endormait, n'émergeant que pour déjeuner, généralement un sandwich en marchant dans les rues du quartier, puis je sombrais de nouveau, leurrant mon monde par une présence de surface. Je revenais chez moi en fin de journée, parfaitement disponible pour l'important – mes enfants.

Comme Thibaut, je n'avais pas grand monde. Fille unique d'une fille unique, je voyais de temps en temps une lointaine cousine de ma mère qui vivait dans le Lot et chez qui je partais l'été avec les enfants. Ma tante, aussi vilaine que ma mère avait été jolie, avait le travers d'évoquer sans cesse le souvenir de sa cousine, une forme d'hommage *post mortem* dont elle pensait sans doute qu'il me consolait. Ta mère était une enfant et les enfants ne devraient pas avoir d'enfant. La beauté est une malédiction, parfois. Certaines personnes ne sont pas faites pour vieillir.

Quant à mon père, je n'avais plus de contacts. Il avait refait depuis longtemps sa vie à Lyon que je connaissais à peine et qui avait comme effacé la nôtre, avec femme, enfants, petits-enfants, et une clinique privée.

Ainsi, la vie suivait son cours tranquille. Notre économie était décente. Les mauvais souvenirs étaient maintenus sous chape – mais n'est-ce pas ainsi que se surmontent les accidents de parcours ? Nous ne prenions que le bon côté des choses – nécessité pour l'un, idéologie pour l'autre.

Seul l'enthousiasme que Thibaut mettait à *être ensemble* me décontenançait et j'essayais de ne pas me laisser contaminer. À mon grand étonnement et malgré ma résistance, il s'évertuait à me remettre *dans le jeu*, comme s'il était impossible de s'aimer autrement qu'en dessinant sur le sol des cadres prétendument salvateurs, limites dérisoires et bouleversantes d'inefficacité.

Tallulah vient à notre rencontre en haut du jardin. J'ai seize ans, indique-t-elle d'emblée en s'adressant à Jeanne. Très grande et très mince, Tallulah est d'une beauté foudroyante. Ses cheveux tombent en baguettes fines sur ses épaules et encadrent un visage dont la pureté enfantine n'a pas encore disparu, d'une fraîcheur inouïe. Ses yeux ont la clarté de ceux de Viola. Elle a drapé son corps longiligne dans une sorte de paréo qu'elle porte en jupe longue et étroite. Elle est pieds nus – ils seront tous pieds nus, tout le temps, comme si leur monde n'était pas taillé dans le même bois que le nôtre, à l'écorce plus souple, sans épines. On voudrait avoir plus de temps pour détailler sa grâce, mais déjà elle a tourné les talons et nous la suivons dans l'escalier qui descend vers la maison.

Une alarme silencieuse s'allume dans mon esprit. Devant moi, Tallulah glisse sur les marches comme un cygne, la tête haute sur son cou gracile, et dans mon dos le malaise de Jeanne me pourfend, quelque part entre jalousie et admiration, déjà écartelée entre amour et détestation. Je me souviens de m'être retournée. Jeanne tire sur sa natte, un froncement que je lui connais barre son front et la réalité me désespère, ses cuisses compressées dans son short trop petit, son ventre rebondi sur lequel je viens parfois souffler pour la chatouiller comme si elle était encore un bébé. Je lui tends la main, je voudrais lui dire de ne pas s'inquiéter, la faire rire avec les histoires des plus belles filles du lycée qu'on revoit des années plus tard sans les reconnaître, lui ai-je assez répété que la beauté n'est qu'une chimère, mais elle se dégage avec une rudesse inhabituelle, arrête, maman, grommelle-t-elle, avance.

Sur la terrasse, nous marquons le pas, saisis par la perspective vertigineuse. La maison du photographe est suspendue dans les airs, la pente abrupte au point qu'on craint de basculer en avançant davantage. En dessous et tout autour, la mer flamboie sous nos yeux qui papillonnent pour se protéger. Entre nos paupières à demi closes et au-dessus des vallons festonnés du Péloponnèse, rayonne l'immense sémaphore orange.

Jonas, le petit frère de Tallulah, nous rejoint sur la terrasse alors qu'hébétés, un verre à la main, nous avons pris place face à la mer, en rang serré comme à l'école. Le garçonnet s'approche et nous tend une main protocolaire. Tallulah commente, Jonas a treize ans. Elle va jusqu'à préciser son mois de naissance, mettant un point d'honneur à être exacte – elle a compris combien ces choses-là comptent entre enfants.

Jonas est de deux mois plus jeune que Guillaume, mais un monde les sépare. Il porte une chemise blanche et un short beige. Ses cheveux plaqués sont séparés d'une raie impeccable. Il s'assied sur un pouf, croise une jambe au-dessus de l'autre en angle droit et place ses mains derrière sa tête comme s'il siégeait dans un salon mondain. On dirait un petit homme, déjà si sérieux, en responsabilité – mais de quoi ?

Dès notre arrivée, Tallulah et Jonas nous donnent une représentation. Ils nous accueillent en maîtres de maison et s'adressent à nous plutôt qu'aux enfants qui, médusés, assistent au ballet sans mot dire. La chorégraphie de sourires et de questions aimables nous étourdit et nous les renseignons avec docilité sur la qualité de notre hôtel, la durée de notre séjour et autres détails informatifs – où habitons-nous, quelle école les enfants fréquentent-ils, nos précédents séjours sur l'île. Leur grâce nous éblouit au lieu de nous alerter. Une raie bien tracée et un paréo noué avec habileté suffisent à endormir notre vigilance.

Il me semble qu'un long moment s'est écoulé avant que Viola entre en scène par le bas du jardin. Les bras encombrés d'un panier débordant de fruits, Viola s'excuse de son retard, appelle son fils pour qu'il la débarrasse, puis vient vers nous dans un tourbillon de soie cuivrée. Quelle joie de vous avoir, murmure-t-elle en nous embrassant, êtes-vous bien installés, vous a-t-on offert à boire, rien à grignoter ? Jonas, où as-tu la tête, va vite ! Le petit majordome se précipite vers la maison comme s'il venait de se faire piquer par une guêpe. Il revient si chargé que Pierre se lève, mais Viola le retient, non, je vous en prie, laissez-le faire, les enfants doivent apprendre, n'est-ce pas ?

Viola s'installe face à nous et s'enquiert de nouveau de notre confort tandis qu'en silence, Tallulah vient prendre place sur ses genoux. La fille est au moins aussi grande que la mère et semble avoir passé l'âge de ce genre de câlineries, mais Viola ne s'interrompt pas. N'avons-nous pas trop chaud, les enfants veulent-ils des glaçons ? Obéissant à la lettre, Jonas vaque au service. Mon regard va de Viola à Tallulah, incapable de statuer. Quel visage concentre le plus d'éclat ? À quoi tient la ressemblance presque magique ? C'est étrange, la beauté. On scrute, on détaille, on voudrait saisir, comprendre, pourquoi est-on tellement ému par cet ajustement-là ? On ne se lasse pas. On s'épuise. Nimbées d'or, les deux madones dans le couchant forment un tableau hypnotique, deux reines, deux sœurs – l'esprit divague, bégaie, subjugué. Je sens Pierre se détendre à mon côté. Il est sous le charme, lui aussi. Envolées, ses résistances d'il y a peu. Il a oublié combien il est raisonnable. Il est comme tout le monde, il ne peut pas résister, et s'il résiste encore, ça ne durera pas.

Il en manque un au tableau. Nous sommes si occupés que nous ne nous posons aucune question. Viola est peut-être célibataire. Les enfants ne mentionnent pas leur père. Nos yeux ne savent où se poser, nos réponses peinent à suivre le rythme des questions, tant de prévenance, nous ne sommes pas habitués, on n'est jamais préparé au déferlement d'amour. Quelque chose vit plus fort dans cette maison, qui nous dépasse en tout, nous le sentons immédiatement. Les enfants parviennent à dérider Jeanne et Guillaume. Pierre d'un coup lyrique ne tarit pas sur les attraits de la Grèce. Le ciel s'enflamme, se pare de fuchsia, d'or et de safran, en contrepoint du jardin qui s'enfonce dans l'ombre. Des sons luxuriants bruissent, cris volatiles, frottements d'ailes, respirations faunesques. Viola allume des bougies comme des phares et Tallulah chantonne en agençant des coquillages. La nuit chaude pénètre nos corps. Nos rires se font argentins, nos gestes s'allègent, le grain de nos peaux s'adoucit. Éberlués, nous sommes emportés par la féerie, enchantement que nos esprits simples ne pouvaient pas même soupçonner qu'il en existât de la sorte.

Parce qu'irréductible, la beauté l'emporte toujours. Je suis la fille d'une femme très belle et j'ai passé mon enfance à inspecter le visage de ma mère sans jamais en venir à bout. D'aussi loin que je me souvienne, la question de la beauté l'a emporté sur toutes les autres. Qui était beau, qui ne l'était pas. Apprendre à distinguer l'*allure* du *charme* ou du *chien* – autant de subtilités que ma mère s'appliquait à m'enseigner dès le plus jeune âge comme les bases d'un savoir-vivre indispensable. D'emblée, la beauté me fut présentée comme le bien le plus précieux, l'accomplissement ultime – une bénédiction dont j'ai vite compris que j'étais de naissance privée.

Je me situais, selon la taxonomie de ma mère, au bas de l'échelle. J'avais les cheveux brillants et les attaches fines – c'était peu, mais déjà ça, évaluait-elle. J'échappais, grâce à mes atouts capillaires et à mes poignets distingués, à l'humiliation de ceux qui n'ont rien pour eux, une plèbe qualifiée d'*ordinaire*, ou pire, de *vulgaire*. Je bénéficiais d'un certain *style* – à moi de le faire valoir.

À l'opposé, ma mère, partout où nous allions, imposait le respect au nom de ses proportions et, de ce fait, atteignait le sommet de la hiérarchie. Pas besoin de négocier, elle cochait toutes les cases. Elle était belle, intégralement. La grâce de ses traits la propulsait dans une sphère d'élite, loin des bassesses de l'existence. Sa beauté était son bouclier. Elle me semblait invincible – inatteignable, devrais-je dire, ou intouchable, y compris par moi.

Quand mon père nous a quittées, j'ai tout de suite pensé qu'il faisait une grossière erreur. Jamais tu n'en retrouveras une aussi belle, ai-je songé en regardant les yeux secs de ma mère – magnifiques au point que même la défection de son mari ne parvenait pas à les altérer. Elle s'était assise au bord de mon lit, si belle juste pour moi, et j'ai eu du mal à me concentrer sur ses paroles, peu habituée à ce temps qu'elle prenait pour m'expliquer ce qui semblait beau parce qu'issu de ses lèvres carmin. Bientôt ton père n'habitera plus avec nous, a-t-elle dit, charmante. Il a trouvé un autre travail, dans une autre ville. Ça n'est pas grave, nous allons faire un tas de choses toutes les deux. Ce sera formidable d'être entre filles. Je l'ai écoutée sans vraiment l'entendre, soucieuse en premier lieu de ne pas gâcher la faveur de sa présence. Elle avait dû se parfumer pour l'occasion, je me souviens d'avoir fait cette petite prière lorsqu'elle s'est penchée pour m'embrasser, mon Dieu, ai-je pensé, faites que plus tard, je sente bon *comme elle*.

Le départ de mon père fut donc présenté comme un non-événement, presque un amusement. À peine quelques remous, une pile de cartons dans l'entrée, de nouvelles tapisseries au salon, et c'en était fini du héros. Pas une larme. Pas de cris. Avec la distance, l'absence de chagrin ne m'apparaît pas comme une chance, j'ai au contraire longtemps nourri le regret de ce manque à vivre, comme la dépossession d'une émotion élémentaire – la tristesse d'une enfant pleurant l'absence d'un parent. Ai-je réclamé mon père ? Si c'est le cas, cela a dû vite cesser. Lorsque je la dérangeais, ma mère avait sa façon de me regarder, entre indisposition et consternation, qui stoppait toute velléité. Je me rétractais avant qu'elle ait besoin d'argumenter, avec l'affreuse sensation d'être une enfant *imparfaite*, juste bonne à corrompre l'harmonie.

Avec ma mère, on ne questionnait pas. On ne réfléchissait jamais longtemps. On préférait distribuer les bons points et les bonnets d'âne. Et rêver. Demain est une fête, disait-elle. Demain est une autre chance. Qui sait, demain serons-nous peut-être sous les tropiques, au Brésil ou ailleurs ? Ma mère était une poupée blonde qu'on avait envie de croire, d'une beauté comme dans les contes. On peut partout croiser le prince charmant, disait-elle en sortant son bâton de rouge, même en allant faire ses courses. Il aurait fallu à ma mère un monde où les tasses à thé soient douées de parole et conversent avec les bergères, un monde où jamais la porcelaine ne jaunit et les décors rococo ne s'effacent pas – une vie où il est permis de croire aux miracles.

Comme ma mère, j'ai cru que la beauté était un prodige et que le mystère du monde y prenait sa source. L'été des Sainte-Rose poussa la croyance à son point culminant. La grâce était partout dans

41

la maison du photographe. Chaque caillou brillait comme un saphir, chaque fruit renfermait un élixir et les grenouilles laissaient espérer un prince. Une autre chance était possible. Enfin, la beauté me souriait. Les services à thé allaient se mettre à chanter et à danser sous les étoiles. J'allais quitter le fond de la cale pour tutoyer les sommets.

Je n'ai pas été la seule. Pierre aussi s'est pris à rêver, en rien protégé par son bagage familial. Devant la beauté, il a déposé ses armes, sa solidité et son sérieux. Comme moi, comme Jeanne et Guillaume – bien que leur jeune âge soit une exemption à laquelle ni Pierre ni moi n'avions droit –, il a perdu la tête.

L'histoire peut se résumer ainsi. Enivrées par la beauté, quatre âmes simples se sont envolées vers une *terra incognita* – délaissant le sens commun et les valeurs sûres, soudain synonymes du plus profond ennui.

Les visions m'ont surprise alors que je commençais tout juste à espérer que le voyage sur l'île avec Thibaut serait sans conséquence. Un soir, je me suis penchée pour enfourner un poulet et en me redressant, Viola était là, adossée contre un meuble de la cuisine, en tunique et pieds nus, ses cheveux encore mouillés de la baignade. Elle a cligné des yeux et m'a souri. Les jambes tremblantes, je me suis assise. Viola ne bougeait pas, frêle apparition posée sur le rebord de ma réalité, et nous sommes restées immobiles, à quelques dizaines de centimètres l'une de l'autre. Mon regard avide a englouti tout ce qu'il a pu, les yeux clairs, la soie de la peau, les lèvres étirées dans un fin sourire, la perle d'eau filant vers les clavicules. Il m'a semblé entendre son rire et la fulgurance du manque m'a transpercée. Revoir le mouvement de ses doigts quand elle vous expliquait quelque chose, entendre ses vocalises, la toucher – j'ai tendu une main et, comme un papillon sur le bord d'une fenêtre, elle s'est envolée.

Les visions se sont succédé, brèves ou plus intenses. Avec la limpidité d'une eau enveloppante, elles me plongeaient dans une rêverie où plus rien ne comptait, toute activité suspendue pour me complaire de leur présence enfin retrouvée. Je me brossais les dents et dans le miroir c'était Salva qui s'approchait. Il écartait mes cheveux pour dégager mon cou et il chuchotait. Les oreilles sont connectées à l'univers, sais-tu que ton oreille est un monde en puissance ? Sa main d'or saisissait ma nuque et son haleine courait sur ma peau. Je descendais dans le parking et les longues jambes de leur fille Tallulah passaient devant le capot de ma voiture, les cannes d'un échassier sur le béton gris poussées si vite que la chair ne s'y était pas fixée. Un soir, son frère Jonas se tenait à côté de Guillaume et l'observait faire ses devoirs, ombrageux comme toujours.

Je suis allée consulter le médecin qui nous suivait, les enfants et moi, depuis *ça*. Il s'est voulu rassurant. Les visions s'expliquaient, une sorte de remontée traumatique déclenchée par le voyage. Il me connaissait bien, j'allais mieux, il s'en portait garant. Il aurait fallu s'inquiéter si les visions avaient surgi sans raison. Par prudence, il m'a tout de même proposé de reprendre un traitement, léger, a-t-il précisé, que j'ai refusé. Très bien, a-t-il conclu en se levant. N'oubliez pas. Vous êtes plus forte que les fantômes.

Peu de temps après mon anniversaire vient celui de Jeanne, et cette année-là, Jeanne a eu vingt ans. Thibaut a proposé d'organiser quelque chose, la date était importante. J'ai tenté de lui expliquer que nous aimions les choses simples, rien ne ferait plus plaisir à ma fille qu'un dîner en famille, mais j'ai senti que ça coinçait, comme une légère irritation faisant écho à la déception qu'il avait ressentie pendant et après notre voyage sur l'île. Sa surprise avait capoté, son fameux instinct le lui disait. Je ne m'étais pas assez réjouie, les enfants ne s'étaient pas assez extasiés. Notre mensonge l'avait déstabilisé et le voyage avait été trop vite oublié. J'aurais aimé le rassurer, mais il aurait fallu argumenter, apporter des éléments de contexte – découvrir une facette de nous que Thibaut ignorait et qui constituait une fracture imprescriptible, annonciatrice, tôt ou tard, de la fin de son amour pour nous.

J'ai eu gain de cause et nous avons fêté les vingt ans de Jeanne à la maison, un dîner d'une banalité parfaite. Comme si j'avais un peu bu, je me suis efforcée toute la soirée à la gaieté, passant de la cuisine au salon et des uns aux autres, surveillant les assiettes, les verres et les âmes de chacun. Peu avant le gâteau, le téléphone a sonné. J'ai décroché, sous le regard soudain silencieux de l'assemblée. Au bout du fil, Pierre a bafouillé, l'anniversaire de sa fille, il voulait le lui souhaiter. Il n'avait pas appelé depuis des mois. J'espère que vous passez un agréable moment, a-t-il continué, puis j'ai tendu le combiné à Jeanne. Pendant qu'elle parlait à son père, j'ai repensé à ses dix ans, pour lesquels nous avions réservé un déjeuner au premier étage de la tour Eiffel. J'ai revu nos quatre corps serrés dans l'ascenseur grimpant le long de la jambe de métal, les enfants étaient si petits et nous étions si joyeux, parcourus par la même impatience et le même fluide d'amour. Dix ans avaient passé. Dix siècles. Jeanne a discuté quelques minutes au téléphone, puis elle nous a rejoints à table. Son visage avait pris une couleur de cendre. J'ai imaginé Pierre à cet instant, pas coiffé, pas même lavé, amaigri, seul dans la maison battue par les vents, et une vague de culpabilité m'a submergée. Le silence a duré. Guillaume n'avait pas demandé à parler à son père. J'ai senti Jeanne hésiter, puis elle a levé les yeux et elle a dit, ne t'inquiète pas, maman, tout va bien.

Quand nous nous sommes couchés, Thibaut a pour la première fois exprimé sa contrariété. Il ne demandait qu'à se rendre utile, mais il ne savait pas comment s'y prendre, tous ses efforts semblaient voués à l'échec. Cela paraissait plus fort que nous, il y en avait toujours un pour plomber l'ambiance. Ce soir, c'était mon ex-mari qui semblait ignorer que ses enfants étaient joignables sur leur téléphone portable, quel besoin d'appeler sur la ligne familiale, pendant le dîner qui plus est. Il se donnait beaucoup de mal, mais nous nous comportions comme si au fond, *nous ne voulions pas nous en sortir*.

Tandis que je m'excusais, je me suis questionnée sur les paroles de Thibaut. Ne pas vouloir s'en sortir, oui, mais de quoi ? Il ne savait rien de ce qui s'était passé. Que pouvait-il imaginer de nos tourments ?

Loin d'évaluer la portée de sa phrase, il avait peut-être raison. Il était plausible, voire probable, qu'au fond, nous n'ayons pas envie de nous *en sortir*. Que nous ne souhaitions pas nous extraire du souvenir, et abandonner pour de bon ce lopin de mémoire où nous étions encore *là-bas*, à vivre nos heures exaltées, quelle qu'en ait été l'issue. Sans doute étions-nous déphasés, à cultiver nos réminiscences, nos regrets ou nos remords, comme une façon de ne pas renouer avec la vacuité des sensations présentes et des spéculations sur l'avenir. Depuis l'été sur l'île, les contreforts qui délimitent le cadre et l'ordre du temps n'existaient plus. Nos jours s'enroulaient en spirale, piégeant en leur sein tous les épisodes précédents, empêchant les événements caducs de s'éloigner et les suivants de se rapprocher, comme s'ils refusaient de céder leur place.

Peut-être qu'à nous, le passé semblait plus éclatant, et moins évanescent, tout compte fait, que le présent.

Salva est là. On ne l'a pas entendu venir. Il a jailli de nulle part comme il sait le faire, jamais comme on l'attend, tel un diable de sa boîte. Les cris de joie de Viola et des enfants nous alertent. Salva est là !

Il se tient campé sur la terrasse, ses jambes écartées à la façon d'un ouvrier, ou d'un démon. Des jambes très bronzées, noueuses comme si elles comptaient plus de muscles que la normale. Il porte un short, rien d'autre. Il nous dévisage d'un air sombre. Son regard nous glace. N'est-il pas prévenu de l'invitation de Viola ? Dérangeons-nous ? Sommes-nous des intrus ? Des fauteurs de troubles ? Des moins-que-rien ?

Puis il éclate de rire, aussi soudainement qu'il est apparu, il pose un genou à terre et tend les bras vers nous, les mains en offrande, et dans un rire tonitruant, il s'écrie, bienvenue !

Salva est ainsi. De la première seconde au dernier souffle. Tonitruant. Époustouflant. Salva est comme le vent. Assez puissant pour nous arracher du sol, mais insaisissable. À peine s'approche-t-on de lui que déjà il file entre les doigts. A-t-on le dos tourné qu'il se reconstitue, plus vigoureux que jamais, comme s'il s'était nourri de notre découragement, ou de notre effroi.

Salva est entré dans ma vie comme un comédien entre en scène. Sous les projecteurs. Dans une large révérence. Fracassant. Salvador Sainte-Rose, pour vous servir. Applaudissements. Faisons simple, appelez-moi Salva. Je ferai de mon mieux pour vous distraire, vous bouleverser, vous dévorer. Applaudissements. Mon patronyme, mon charisme me prédestinaient à la gloire. Je suis né sur les planches, j'y mourrai. Enfin, façon de parler. Dès l'instant où je serai lassé de votre auditoire, je cesserai de jouer. Applaudissements. Et vous pourrez crever.

Impossible de nous arracher au tourbillon. Nous sommes emportés par les démonstrations d'attention, les mets délicieux, la grâce inouïe de ces quatre-là. Nous buvons beaucoup. Éloquent comme rarement, Pierre raconte des bagatelles et fait perler le rire de Viola dans lequel le mien vient se tresser avec délice. Les enfants nous supplient pour un bain. Jeanne n'a pas de maillot, mais accepte de se mettre à l'eau en culotte. La crique obscure renvoie leurs rires enfantins, forgés dans une joie pure.

Salva dit, j'ai envie de viande, et il lance un barbecue. Debout devant l'âtre, il attise les braises tout en déclamant un poème en grec. Son visage prend la couleur du feu, il flamboie, se tord dans les flammes. D'emblée, nous sentons qu'il se situe *au-dessus*. Quelque chose attire tous les regards, les nôtres bien entendu, mais aussi ceux de Viola et des enfants qui s'empressent autour de lui avec une déférence dont on ne pourrait dire si elle tient de l'amour ou de la crainte. Transporté par la poésie, il brandit son tisonnier vers le ciel, comme une aiguille qui pointerait la direction où regarder, et les escarbilles d'or s'envolent en nuées d'étoiles dans la nuit d'encre.

L'enchantement tourne au sortilège. Par bouffées, l'allégresse nous tombe dessus et nos esprits libérés titubent, ivres de bonheur. Nous applaudissons à Salva, à cette maison hors du temps, au miracle. Nous sombrons dans l'illusion de la beauté.

Nous ne repartons qu'aux premières heures du matin. Les enfants grimpent comme des cabris dans l'escalier qui remonte vers la grille. Les quatre fantastiques nous raccompagnent jusqu'au chemin de terre. Nous remercions, encore et encore. Nous nous embrassons.

Avant de nous enfoncer dans la nuit, Pierre se retourne une dernière fois, et à l'intention de nos hôtes, il lance, *nous nous reverrons*. L'intonation ne permet pas de savoir si c'est une question, une affirmation ou une supplique, mais c'est comme si Pierre avait parlé pour nous tous. Trente minutes de marche nous séparent de notre hôtel, que nous parcourons d'un pas allègre. Nous nous reverrons, pensé-je en me couchant. La phrase bourdonne à mon oreille, antienne entêtante, excitante promesse. Je reverrai Viola se pencher sur moi pour s'enquérir de mon confort, je reverrai Salva brandir son tisonnier comme un pirate, et les enfants, sages, admirables. La promesse étourdissante doit chanter aussi pour Pierre qui a posé ses lèvres sur les miennes. Ses mains hâtives frôlent mes seins et filent vers mon sexe. La main ne suffit pas, il a envie, autant que moi, dans l'urgence d'aller jusqu'au bout de cette soirée. Pour la première fois depuis que nous sommes sur l'île, pour la première fois depuis des mois, nous faisons l'amour.

Faut-il y voir une relation de cause à effet ? Début mai et peu de temps après les premiers grincements, alors que nous étions enlacés dans ma chambre juste avant le sommeil, Thibaut m'a annoncé qu'on lui proposait une mission de six mois à Madagascar. Choisir une occasion pareille pour m'en informer, quand la garde se baisse presque malgré soi, m'est apparu suspect, comme une forme de lâcheté, ou pire, de manipulation. La lueur du chevet a creusé des fronces effrayantes dans le visage de Thibaut et sur le mur, des ombres se sont mises à danser. Le danger, de nouveau, avait pris place dans mon lit.

Je l'ai écouté décrire son projet, choisissant ses mots comme des couteaux. Pas plus de six mois. Madagascar est un terrain certes tendu, mais pas aussi dangereux qu'on le croit. Aucun problème pour communiquer – ça n'est pas toujours le cas. Par épisodes réguliers, je dois quitter les agréments d'une vie tranquille, sinon le confort m'étouffe, expliquait-il, j'ai besoin de me sentir utile. Je sais que c'est difficile pour mon entourage, a-t-il ajouté. Je suis désolé.

J'ai tout de suite pensé que Thibaut avait demandé à partir. Presque deux ans qu'il n'était pas retourné sur le terrain et, en dépit de ce qu'il affirmait, j'ai pensé qu'il s'ennuyait et que j'en étais pour partie responsable. Il s'était accoudé et tout en me parlant, il caressait du bout des doigts le haut de mon front, une zone ténue entre visage et cheveux, des petits allers et retours sur un périmètre réduit comme on cajolerait un enfant, ou un animal. Je m'étais raidie sous les draps, suspendue à ses doigts circonspects, et je me suis demandé si Thibaut était déjà en train de se lasser et si Madagascar n'était pas une rupture qui ne disait pas son nom.

Dis quelque chose, Ariane, a ajouté Thibaut. Ton avis est important. Un mot de toi, et je ne pars pas.

Mes lèvres ont hésité, entre sourire et grimace il n'y a qu'un fil, mais dans un réflexe cynique, un sourire a fini par fendre le vif de mon visage – je suis devenue cynique, cela n'était pas prévu au programme. Que pouvais-je opposer ? Qu'il était utile ici, pas la peine de s'expatrier ? Que j'avais besoin de lui comme d'une béquille ? Que je ne digérais pas notre escapade sur l'île, bien qu'il n'y soit pour rien, que je le détestais de déserter mon quotidien et celui de mes enfants alors que nous commencions tout juste à nous habituer à lui ?

Je peux refuser, a continué Thibaut alors que la peau de mon front commençait à me démanger. Demande-moi de rester et je reste. Je m'inquiète pour toi, tes enfants, c'est curieux, n'est-ce pas, si peu de temps, et j'ai envie de m'en occuper comme s'ils étaient les miens.

J'ai continué à sourire, en proie à l'affolement. Ne rien demander, ne rien devoir – pourquoi fallait-il dévier de ce contrat basique, laxiste, si clairement balisé ? Comment assumer que Thibaut reste pour moi, qui ne pouvais pas même offrir un sourire sincère ? Dans ma mâchoire, les décharges provoquées par l'effort se sont multipliées. En désespoir de cause, j'ai saisi sa main sur laquelle j'ai déposé un baiser – une façon comme une autre de faire cesser les caresses que je ne méritais pas.

Thibaut s'est penché vers moi. Tu es une drôle de femme, a-t-il murmuré, mystérieuse, et attachante. Peut-être que Madagascar te sera utile à toi aussi, que je me retire un peu, te donner de l'air, du temps pour réfléchir, à quoi, je ne sais pas, à nous peut-être, ou à toi.

Nous avons fait l'amour, puis Thibaut est resté contre moi. Son cœur frappait à travers sa poitrine, des pulsations rapides qui se propageaient dans la mienne et dont le rythme a peu à peu ralenti pour se calmer tout à fait – une vitalité dont je ne saurais dire si je l'enviais, ou si au contraire je lui préférais le grand blanc qui m'habitait, comme une sorte de solution idéale, une maturité, ou un aboutissement.

Il a été décidé que Thibaut partirait mi-juillet, après les examens de Jeanne et le bac de Guillaume. La terre aurait pu trembler que la concentration de Guillaume ne se serait pas laissé distraire. Il avait été un petit garçon plein d'énergie, les événements en avaient fait un adolescent réservé, passionné par les maths. L'abstraction mathématique l'apaisait, comme une tentative presque aboutie de mise en équation du monde. Je comprenais, et j'enviais, son refuge dans un langage déconnecté de l'expérience, à base de théorèmes et de postulats désaffectivés. Jeanne terminait sa troisième année de droit. Comme Guillaume, elle faisait preuve d'une assiduité sans faille.

Nous avons présenté Madagascar aux enfants comme une transition. Thibaut partait, mais il reviendrait. Peut-être qu'à son retour, nous nous installerions tous ensemble. Quitte à déménager. S'ils étaient d'accord.

Les enfants nous ont écoutés, puis ils ont félicité Thibaut et sont repartis dans leur chambre.

Thibaut a soupiré. Je crois que tes enfants ne m'aiment pas beaucoup.

Les mots pour le convaincre du contraire se sont refusés à moi, comme bannis, ou dangereux.

Je me réveille au petit matin, agitée d'une euphorie nouvelle. Pierre dort encore. Je me lève sans bruit et je sors sur la terrasse de notre chambre. L'enchevêtrement de ruelles est plongé dans la nuit inachevée. Au loin, la mer comme un lac argent et le Péloponnèse se découpent dans les brumes rosées. Je regarde l'horizon laiteux se modifier à chaque inspiration. Un espoir nouveau éclaire la journée qui va commencer. J'essaie d'imaginer ce qui se passe là-bas. Je n'y parviens pas.

Nous prenons notre petit-déjeuner dans une excitation inhabituelle. Nous ne parlons que d'hier, la maison accrochée à la pente, l'amusement du bain à la nuit tombée, les bracelets que Tallulah porte à la cheville, et les figues du jardin, en aviez-vous déjà goûté d'aussi énormes ? Nous n'avons pas fini de nous extasier que Jonas se présente à nous, impeccable ordonnance chargé d'un message stupéfiant. Nous sommes invités à passer la journée en mer avec eux.

Le bateau des Sainte-Rose est une étrange embarcation, une hybridation entre bateau de pêche et caïque turque. Je n'y connais pas grand-chose, mais les accessoires de navigation, cordages, mâts, voilure semblent d'un autre temps. Tallulah et Jonas s'activent, préparent le départ sous les ordres de Salva qui nous adresse un bref salut quand nous grimpons à bord. Il porte le même short qu'hier. Sous le soleil déjà haut, ses formes impressionnent et tiennent du croquis académique qu'un dessinateur trop appliqué aurait par inexpérience outré. Nous suivons Viola dans la cabine. Le ventre du bateau est un fastueux boudoir de bois blond, calfeutré de rideaux soyeux et de coussins au luxe effarant. Embarrassée, je ne sais où déposer notre sac de plage débordant de serviettes, tubas et crèmes solaires, stigmates anachroniques de nos petites manies et nécessités physiologiques.

Sous la plante des pieds, les lattes patinées du pont surprennent par leur douceur, comme une peau contre la peau. Jeanne et Guillaume se dandinent, inutiles. Pierre ne cesse de questionner Salva, mettant en avant ses origines bretonnes et les bateaux sur lesquels il a navigué. Il touche à tout, n'écoute pas les réponses, passe à autre chose. Je m'approche, glisse un bras autour de sa taille, pose ma tête contre son épaule. J'espère distraire sa nervosité. Lui donner une contenance. Ou le faire taire. Pour la première fois depuis que nous nous connaissons, son attitude me paraît en décalage – inappropriée.

Nous levons l'ancre et quittons le port. Les enfants Sainte-Rose courent de l'avant à l'arrière, appliqués comme au départ d'une régate. Il y a assez de vent pour aller déjeuner *sur le caillou*, annonce Salva. Viola explique qu'ils sont propriétaires d'un îlot à quelques heures de navigation. À peine plus qu'un « caillou » qui affleure en pleine mer, une bizarrerie géologique comme la Méditerranée en regorge, entourée de récifs acérés. Une crique étroite permet au bateau d'ancrer, l'espace est ténu et il faut connaître, un piège pour les bateaux qui s'approcheraient sans savoir.

Viola porte l'une de ses tuniques. Des mètres d'un voilage si léger qu'on aperçoit sa peau en transparence, la ligne du maillot sur le bas de son ventre et l'ombre de ses seins nus. Elle a croisé ses mains derrière sa tête et se laisse aller au balancement du bateau, les yeux clos. De ses cheveux tirés en chignon, le vent s'amuse à faire s'échapper des flammèches.

Je me tourne vers Salva. Il tient la barre, les yeux au loin, ou en dedans, on ne saurait dire. Il a posé un pied sur la banquette non loin de là où je suis assise, dont ma cuisse se rapproche sous l'effet du roulis. Un flux nerveux pénètre mon corps. Mes doigts sont agités d'un tremblement constant, inconfortable. Je glisse mes mains entre mes cuisses, en profite pour ajuster ma position et essaie de fixer l'horizon.

Les souvenirs de cette journée en mer sont aussi vifs que si j'en revenais tout juste. Je sens encore sur ma peau le frottement du sel, le soleil comme une morsure et les éraflures faites contre les rochers lorsque nous avons joué à explorer la minuscule île des Sainte-Rose jusqu'à la chapelle à la blancheur

59

immaculée qui coiffe le rocher. Chaque îlot conserve
la mémoire de ses visiteurs, explique Viola en versant
un peu d'huile dans une coupelle. La chapelle se souviendra de toi, toujours, et quand je me revois poser
la bougie vacillante dans sa petite niche bleu roi, je
suis de nouveau traversée par un frisson de fierté.

Je ferme les yeux et la fraîcheur de l'eau me saisit. Je m'y coule, anguille, sirène, je danse dans tous
les courants, mes forces déliées, démultipliées. Puis,
saisie par la main que Salva me tend, je m'arrache
des flots comme si je n'étais pas plus lourde qu'une
enfant. Nos regards se croisent, jubilatoires, fron-
deurs, tout-puissants.

Je me souviens du rire de Pierre qui ne cesse de
se fondre à celui de Vióla. Des mois – des années ? –
que je n'avais plus senti circuler la gaieté. Leurs
vagues joyeuses ruissellent jusqu'à moi tandis qu'allongée sur une pierre chaude, je paresse au soleil.

Je revois les seins de Viola et ceux de Tallulah,
quatre petits monts ronds strictement identiques,
douces excroissances hâlées presque sans tétons,
poussées sur leur torse asexué comme une bizarrerie. Elles ont nagé, joué, vaqué aux tâches du bateau
sans l'ombre d'une gêne et j'ai imaginé qu'elles
– que tous – portaient un maillot de bain pour nous
épargner une nudité à laquelle nous n'aurions rien
compris, pervertis par des usages auxquels les Sainte-
Rose ne se soumettaient pas.

Bien sûr, j'entends les cris de joie des enfants
comme une litanie d'un entêtement apaisant. Ils
me parviennent de loin, ou bien est-ce moi qui me
suis exilée ? Ma peau s'est augmentée au-dehors

et en dedans de capteurs dont je ne connaissais pas l'existence, affamée, électrique, tout entière pénétrable. L'énergie se concentre en un point incandescent, attirant à lui la matière qui se dissout, et le monde se resserre comme un poing. Je m'enfonce dans l'épaisseur du temps.

Lorsque mes yeux s'ouvrent, je flotte au-dessus des flots.

Comment revient-on d'un tel voyage ? Comment réintègre-t-on la matière dure, sèche et coupante, après coup ? J'ai marché sur la ligne de crête. J'ai volé parmi les embruns, soufflé le vent dans la voilure, j'ai dardé mes rayons sur leurs visages alanguis dans mes ors. Un coin du voile qui recouvre la réalité s'est levé sur l'île des Sainte-Rose et a laissé entrevoir un lieu, une harmonie divine.

Mais certaines forces sont plus puissantes, celles qui empêchent de rêver et qui rappellent à l'ordre. *Do not dream!* J'ai été rappelée à l'ordre. La main céleste s'est jouée de moi et a laissé retomber le rideau. Le rêve a pris fin. Depuis l'été des Sainte-Rose, le temps omnipotent ricane tel un seigneur de son vassal. Voici encore un jour à vivre, pris en étau entre deux nuits, arrimé à vingt-quatre heures en boucles désespérantes d'ennui. L'écheveau plie et replie la course des ans, inexorable et banale à crever, et le crêpe a fini par recouvrir ma vie. Après *eux*, je suis retombée comme une masse sur une steppe glacée, immensément lourde et seule.

Une nuit d'insomnie, j'ai regardé Thibaut dormir, accablée par mon impuissance à l'aimer comme il le méritait.

Prise d'une impulsion, j'ai tendu la main. De toute mon âme, je voulais faire quelque chose de simple, de doux. Avoir un geste logique. M'approcher de lui, sans arrière-pensée, en confiance. Toucher sa peau, me blottir contre sa hanche, respirer le parfum de ses cheveux. Sentir affluer l'amour, de lui à moi, et de moi vers lui. Dans son sommeil, Thibaut m'aurait enlacée, une étreinte qui aurait coulé de source. La manière douce se serait mise en place, naturellement.

Ma main s'est posée sur son torse dans une rigidité quasi médicale. J'ai senti ma paume froide, l'extrémité glacée de mes doigts. Rien ne circulait. Recluse dans ma propre roideur, je n'étais capable de rien, inapte à activer ces liants qui cimentent d'habitude les relations. Les soulèvements mécaniques de sa poitrine sont devenus insupportables, une torture pour mes nerfs à vif. De l'impuissance, j'ai basculé vers la rage. J'aurais pu le rouer de coups de pied.

Je me suis tournée de l'autre côté du lit. D'aussi loin qu'il m'en souvenait, il me semblait avoir abrité cet empêchement mélancolique. Une distance nerveuse m'isolait des événements et des êtres même cruciaux de mon existence, avec lesquels j'avais au fond feint la gaieté, jamais épargnée par le tourment. Je ne savais être une autre que cette femme détachée, inquiète jusqu'à l'obsession. Si on avait du mal à me faire des reproches – la plupart du temps, je gardais le sourire et je ne me dérobais pas à mes engagements –, la dureté de mon âme finissait par se faire sentir, décourageant ceux qui m'aimaient.

Peut-on imaginer la douceur comme un capital dont les nouveau-nés seraient équitablement dotés, qui chez certains fructifie avec le temps tandis que chez d'autres, ne se maintient que quelques printemps ? Si c'est ainsi, le mien avait flambé comme la paille. La douceur était un vague souvenir, une main posée sur ma joue presque par mégarde, des baisers trop vite donnés, puis rien, si ce n'est la rugosité des malentendus, l'empressement, la contrariété, le silence. La survenue des Sainte-Rose et les drames qui s'étaient ensuivis, loin d'être la cause de ma fragilité, en étaient la conséquence. Salva et Viola avaient pu disposer de moi parce que la vulnérabilité préexistait. Je leur avais offert un terrain de jeu idéal, un espace vide, prêt à peupler, bardé de croyances et d'espérances, entre superstitions et illusions. J'étais une proie facile, prédisposée à la flatterie et à l'assujettissement. Quelqu'un qui ne veut pas dire non et qui préfère se laisser dévorer que de passer inaperçue – tout en gardant le sourire. Affamée d'excès. Incapable de jouir de et dans la douceur.

J'ai soupiré. Comme dans le conte, je vivais avec une épine dans le cœur, lancinante et ô combien familière douleur. Je vivais avec des images, de celles qui refusent de s'effacer et dont on sait qu'elles ont brûlé la pellicule. Alors que la nuit s'attardait sur mon impossibilité à aimer l'homme à mes côtés, je me suis offert le plaisir macabre du ressassement, encore une fois visionner les images délétères, rejouer les scènes, même décor, mêmes acteurs, mêmes complaintes – que reste-t-il de la joie ? Où s'est enfuie la douceur ?

L'image la plus obsédante n'est pas un paysage que mes yeux auraient imprimé dans l'instantanéité d'un coup de rétine, mais plutôt le fruit d'un lent et long travail de reconstitution imaginaire, résultat d'une collection minutieuse de détails glanés ou spéculés, et mis bout à bout jusqu'à composer une scène jamais achevée, comme un puzzle qui résiste malgré les années d'acharnement. Le lit du ressassement, jusqu'à un âge fort avancé, se fait dans les questions irrésolues. Sans cesse, elles prennent un tour nouveau, un visage inexploré, surprenantes de vivacité, elles renaissent à la seconde où l'on croit les avoir circonvenues.

C'est une route de campagne en bordure de forêt – des bouleaux, que je peux aisément me représenter. Au-devant, un petit pré d'herbes sauvages parsemé de coquelicots – on était en mai, j'ai toujours imaginé (souhaité ?) un lit de coquelicots sous les roues de la voiture. Nous sommes à une dizaine de kilomètres de Compiègne (Pourquoi ici ? Qui ma mère connaissait-elle à Compiègne ? Ce trou dans le savoir fournit en soi une matière inépuisable), sur le genre de route qui mène à des champs reculés. Là, un fermier découvre la voiture de ma mère. Elle stationne depuis plus d'une semaine. La carrosserie n'est pas accidentée, mais elle est sale – une négligence qui n'arrivait jamais –, couverte de déjections d'oiseaux et de pollen. Peut-on imaginer la quantité de pollen qui se dépose en quelques jours et la complexité des formes qui parviennent à s'ériger ? L'immobilité volontaire de la voiture avait permis l'édification de centaines de mausolées duveteux, comme déjà au cimetière.

Ma mère s'était arrêtée là, huit jours auparavant. Faisait-il jour, ou nuit, quand elle avait décidé que sa route prenait ici son dernier virage ? Dans quel faisceau de doutes, de souffrances, de soulagement était-elle prise ? À quoi, à qui avait-elle pensé avant de fermer les yeux pour toujours ?

Le sort de ma mère, seule et morte au volant de sa voiture, partie sans préavis ni explication *post mortem*, m'est apparu enviable – ça n'était pas la première fois que je concluais ainsi. Il avait dû être doux de se sentir parvenue à l'heure dite, d'abandonner toute forme de résistance et de se laisser couler vers les fonds sablonneux. La campagne offrait un cadre idyllique pour *cesser*. Le petit pré lui avait ouvert ses bras paisibles. Fougères. Chant du vent dans les grands arbres. Un animal s'était peut-être hasardé, un écureuil, ou un grand cerf, son museau contre la vitre de la voiture et ma mère, non encore morte mais presque, comme Blanche-Neige entourée de ses amis de la forêt, lui aurait offert son dernier sourire avant de sombrer dans sa nuit éternelle.

66

Les oiseaux ont commencé à chanter, annonçant la fin de la nuit, et les images macabres se sont évanouies. Je me suis réincarnée à côté de Thibaut, soulagée. Les voyages oniriques par la campagne de Compiègne finissaient par m'apaiser, immanquablement. J'ai pensé à mes enfants, dans leur chambre près de la mienne, protégés malgré tout du pire des chagrins – je n'étais pas *comme elle* et je ne désertais pas. À l'encontre de ceux qui s'oublient à l'inconséquence ou travestissent le réel, usant et abusant du déni comme on rajoute du sel à tout bout de champ, j'étais toujours là, contre tout et tous. Debout, jusqu'au bout debout, arpentant le labyrinthe quand d'autres s'arrêtent, épuisés, déçus, menteurs, et attendent la mort. Mes enfants me retenaient du côté de la vie, rendant impossible l'ultime renoncement. Ils me maintenaient vivante et en cela, ce n'était pas moi qui leur avais fait don de la vie, mais eux qui me permettaient de préserver la mienne.

Je me suis laissé bercer par le souffle de Thibaut. Tous mes efforts se sont concentrés sur l'idée du matin qui ne tarderait plus. Et de la vie, qui ne renonçait pas à moi.

Quelques mois avant l'*été*, alors que je plantais les treize bougies sur le gâteau d'anniversaire de Guillaume, j'avais pressenti l'imminence du désastre. Treize ans, avais-je pensé. Où a filé le temps ? Où sont passés les petits enfants ?

J'avais apporté le gâteau au salon, nous avions chanté et félicité Guillaume qui avait soufflé ses bougies et, stupéfaite, je l'avais regardé ajuster à son poignet la montre d'adulte que nous lui offrions.

D'un coup, les petits enfants étaient devenus grands. L'évidence me sautait aux yeux et sonnait le glas de notre pérennité. Tant que Jeanne et Guillaume n'avaient pas su marcher autrement qu'en courant dans nos jambes, Pierre et moi étions restés indestructibles, tenus par les rênes de la parenté comme le plus puissant des mors. Les petits enfants avaient besoin de nous et leur dépendance comblait la nôtre. Nous avions formé une chimère à quatre têtes dont aucune n'aurait pu subsister sans la présence des trois autres. Un organisme fermé, auto-alimenté, à la fois éthéré et charnel, à la sensualité douce irradiée par la chaleur de leurs corps douillets, tout à l'éblouissement des premières fois, des veillées

69

complices, des cavalcades endiablées et des embrassades chahutées.

Qu'il pleuve ou qu'il vente, notre homéostasie était restée au beau fixe. Nous étions invincibles.

Guillaume a soufflé sur ses treize printemps et c'en était terminé de la créature d'amour. Les enfants avaient appris à marcher avec mesure. Ils ne se pelotonnaient plus. Ils ne levaient plus sur nous leur regard éperdu. Ils revendiquaient leurs idées, leur parcours singulier. Il ne leur faudrait pas longtemps avant de prendre la clé des champs, laissant l'édifice familial vaciller dans un nuage de talc, orphelin d'enfants.

Le projet de vacances n'existait pas encore. Je n'avais jamais entendu parler de l'île en face du Péloponnèse, mais j'avais senti le danger, pour ainsi dire la seconde qui précède un cataclysme, quand tout est calme en apparence, mais que déjà on étouffe malgré le ciel encore clair. Dans les prés, les animaux paissent en paix quand une biche relève la tête. Elle flaire quelque chose – une oscillation sourde sous les sabots ? Un nuage électrique ? Tous les animaux se figent. Par où le danger surviendra-t-il ?

Les Sainte-Rose sont advenus à ce moment précis de notre existence. Le danger s'est présenté sous la forme d'une fleur, une gangrène au nom si poétique que nous ne nous sommes pas méfiés. Dès les premières heures, comme dans un songe ou dans une revue horticole, nous nous sommes laissé infecter par

70

les Sainte-Rose et la construction patiemment élaborée s'est délitée.

De l'instant où je rencontre Viola sur le port, nous ne nous quittons plus. Le matin, nous nous retrouvons et nous mettons les voiles. La mer et le ciel sont à nous. Nous fendons les flots, caracolons sur les rochers, dorons nos épaules comme des pêcheurs de langouste. Nous nous agenouillons devant les icônes sur notre minuscule territoire rocheux. Nous croquons les fruits de mer et de terre. Lorsque la lumière se fait oblique et fait briller nos rêves comme des diamants, nous levons l'ancre. Alors, le bateau fend l'acier de la mer jusqu'au port où nous nous séparons le temps d'une rapide toilette. Sauf pour le strict nécessaire, notre pension est désertée. Nous ressortons vite, infatigables, et les rejoignons à la maison du photographe.

Les nuits se suivent, coiffées d'étoiles. L'obscurité chaude nous enfièvre et nous nous laissons griser, par-dessus les jardins de légende et les flots noirs. Nos rires insouciants chavirent à la mer. Au petit matin, notre démarche incertaine nous ramène vers nos chambres pour y reposer quelques heures, temps en pure perte avant de repartir.

À mesure que la grâce gagne du terrain, notre famille entame sa métamorphose. Nous nous détachons les uns des autres. Notre tendresse s'atrophie. Entre nous, nous devenons efficaces en priorité, mus par une urgence qui rend annexes les effusions habituelles, ou le soin apporté à l'autre. Nos échanges se font brefs, centrés sur l'utilitaire. Qu'aurions-nous à nous dire à présent ? Qui voudrait altérer l'euphorie en la commentant ? Il n'est plus l'heure de philosopher, mais de vivre. Dans cette course assoiffée, l'individualisme prime sur le collectif. Chacun de nous tire dans son coin. Nous faisons nos réserves pour les jours sans soleil. Nous emmagasinons du rêve. Concentrés sur l'instant au point d'en négliger, qui un enfant, qui un conjoint.

Une poignée de jours après que je l'ai croisée sous sa capeline, Viola propose que l'on vienne s'installer chez eux. Notre séjour sur l'île touchait déjà à sa fin. J'avais réservé deux semaines à la pension, une dépense inconsidérée compte tenu de la situation, pourtant il restait encore de longues semaines avant que les enfants ne retournent à l'école. Les démarches professionnelles de Pierre étaient au point mort. À l'époque, j'étais professeur de piano et rien ne m'attendait au conservatoire avant début septembre. Les engagements que j'honorais en plus – les dimanches musicaux dans un cinéma, les dîners-concerts d'un restaurant – reprendraient plus tard. Nous n'avions que la perspective de rentrer dans un Paris surchauffé, désœuvrés.

Ce sera plus commode, explique Viola, si vous êtes à la maison. Nous perdrons moins de temps. Les enfants surexcités sautillent autour de nous en nous suppliant d'accepter. Les yeux brillants, Pierre sourit, amnésique, ses principes de précaution envolés en fumée. Les quatre Sainte-Rose attendent notre verdict, sûrs d'eux.

À quoi suis-je en train de faire semblant de réfléchir, sous la vigne, tandis que tous les regards se sont tournés vers moi ? Je fais mine d'hésiter, mais je ne peux fixer mon attention sur le moindre argument rationnel, mon esprit brouillé par les vapeurs de roses. Tu as le dernier mot, semblez-vous dire, tu es le chef de famille, tu as le pouvoir de faire basculer, ou de sauver, que sais-je ? Vous me scrutez comme si vous dépendiez de mon bon vouloir.

Pauvres de vous. Ne voyez-vous pas que mon bon vouloir n'est plus ? Je nous regarde tous les huit, admirative, que dis-je, époustouflée par la symétrie de notre rencontre, leur tribu en miroir magique de la nôtre, reflet sublimé de notre image. Je prends conscience que je ne désire rien d'autre que les tuniques à claire-voie de Viola, au travers desquelles mes yeux s'épuisent. Je n'en ai pas assez de l'étude de Salva, un exercice qui m'emplit d'un vertige que je ne peux qualifier, pas encore, pas si vite. Je ne me résigne pas à ce que nos deux quatuors, à peine assemblés, soient déjà séparés de part et d'autre de la mer. Où que mon regard se pose, il m'est impossible de renoncer. Comment se passer de la nuit au-dessus de la mer devenue lac noir, piquée au loin des lucioles rouges au bras des éoliennes tandis que dans le ciel les constellations avancent à toute allure, soleils en étoiles, traînées laiteuses, immensité creusant une profondeur inédite dans nos âmes ? Et l'odeur des figuiers, peut-on abandonner *de son plein gré* les effluves alcooliques des fruits se détachant dans un froissement de feuilles et s'écrasant sur le sol, un choc mou de chairs offertes ?

L'été chuchote une promesse à laquelle je ne peux pas résister. Ici, tout est doux, tout est possible, ici tout est beau – même nous.

Si je m'apprête à céder, les miens sont tout autant *partants* pour se laisser prendre. À commencer par Pierre qui se balance d'un pied sur l'autre, nonchalant comme il ne l'est pas, mâchonnant une feuille d'eucalyptus et qui me rend mon regard en clignant des yeux. Allez, disent ses paupières intermittentes, dis oui et qu'on en finisse ! Jeanne et Guillaume n'attendent que mon signal pour s'aventurer plus avant, innocente et brûlante jeunesse que les adultes oublieront de surveiller. Dis oui, maman !

Pas un qui ait conservé ses esprits et qui pourrait interpeller les autres. Le divorce entre la chair et la raison est à l'œuvre. Une fois prononcé, il sera irrévocable. Pierre, Jeanne, Guillaume et moi sommes possédés par la grâce d'en face, déjà et également contaminés. La vérité est qu'ils nous tiennent, tous les quatre.

Sous les bravos de tous, j'offre ma reddition. Salva va chercher une bouteille d'ouzo, il faut fêter ça ! Le sol a une secousse brève quand il nous sert à boire. Une pression tectonique vient de zébrer la terrasse de tout son long d'une faille qui nous isole à présent du reste du monde.

Début juin, alors que les enfants révisaient leurs examens, que Thibaut préparait son départ et que ma vie faisait du surplace, le docteur Fersen a rejoint le cabinet médical où je travaillais et le charme m'a saisie de nouveau, comme si je n'avais rien appris.

Une place était vacante pour laquelle les dentistes associés avaient du mal à trouver un confrère, en grande partie parce que le bureau disponible se trouvait à l'étage, uniquement accessible par un escalier en colimaçon. Cela n'avait pas semblé poser de problème au docteur Fersen qui avait signé avec une facilité déconcertante et qui en était déjà glorifié par ses pairs avant même de débuter.

La veille de son arrivée, j'ai réceptionné son déménagement et déballé ses cartons. Je n'étais jamais allée là-haut. Le cabinet se composait de deux pièces en enfilade, une antichambre assez vaste donnant sur une petite pièce sombre et basse de plafond comme les étages d'un château réservés aux domestiques. J'ai rangé ses instruments et de nombreux livres, dont j'ai tâché par discrétion de ne pas lire les titres, mais la curiosité l'a emporté quand j'ai compris qu'il s'agissait de recueils de poésie – Gérard de Nerval, García Lorca, Paul Valéry.

Je ne suis pas férue de poésie. Je l'ai peut-être été, avant, mais cela ne me dit plus rien. La fibre ondoyante dont les rêves sont tissés a cessé de me concerner. J'ai ouvert un livre au hasard et les mots abscons, à cheval les uns sur les autres, ont gigoté sur la page... *Je sens que des oiseaux sont ivres d'être parmi l'écume inconnue et les cieux...* Comme une pensée prise au piège, une démangeaison de la mémoire m'a irritée et j'ai refermé le livre.

Une dernière boîte contenait une collection de masques en bois. J'en avais déjà vu de semblables, dans la chambre des Sainte-Rose. J'ai poussé le carton dans un coin, incapable d'y toucher. Les fenêtres minuscules, des meurtrières en quelque sorte, laissaient filtrer une lumière grise et triste, et je me suis demandé quel dentiste pourrait attirer une clientèle ici.

Le jour de l'arrivée du docteur Fersen, les associés du cabinet ont organisé un petit-déjeuner de bienvenue. Je m'étais efforcée de disposer la salle d'attente pour l'occasion, mais j'avais la tête ailleurs. Jeanne avait depuis son anniversaire sombré dans le mutisme, enfermée dans une prison qui m'était familière et que je redoutais. Guillaume commençait à se montrer nerveux à l'approche du bac, sa jambe le faisait souffrir et il refusait mes massages. J'avais suivi une formation après son accident et maintes fois soulagé ses douleurs, mais il disait qu'il était trop grand maintenant. Sa cuisse était devenue massive et poilue, à l'exception de sa cicatrice qui resterait glabre à jamais – une vilaine rigole qui courait jusqu'au genou, accidentée comme les rochers d'où il était tombé.

Mes enfants semblaient fragiles et je guettais le danger, tapie comme une lionne.

Je me trouvais dans le local à fournitures lorsque la voix est venue jusqu'à moi. Autoritaire. Déclamatoire. Tonitruante. L'une de ces voix tartufes que je reconnaîtrais entre mille. Un grondement qui glace et fait bouillir le sang dans le même influx – qui vous appelle jusqu'à capitulation.

Chargée de babioles apéritives, les mains tremblantes, je me suis dirigée vers les invités. Les confrères formaient un cercle autour d'un homme qui racontait une histoire à renfort de moulinets. Le groupe s'est ouvert à mon approche et le docteur Fersen m'a fait face en souriant.

Les détails de sa personne me sont apparus dans un éclair. Ses cheveux en cascade brune autour de son visage. Les pommettes au couteau. Les pupilles presque métalliques, à l'éclat noir d'une nuit sans lune. Son corps ramassé, mieux bâti pour le travail manuel que pour la médecine. Mon regard a tout englouti du docteur Fersen, devinant ce qui ne se laissait pas voir – la force impalpable, le fluide vibratoire, l'énergie comme une onde qui exerçait son champ d'excitation attractif, coercitif.

Il a tendu les mains vers le plateau que je tenais. J'ai eu un mouvement de recul qui a accentué son sourire. Il s'est approché et a murmuré quelques mots, provoquant l'hilarité de l'assemblée. Comme une vague lourde et lente, son regard a recouvert le mien. La fleur a ouvert ses ténébreux pétales, et je me suis penchée sur la corolle de plomb. Le cœur battant, à pleins poumons, j'ai respiré le parfum faisandé de la beauté.

Je suis tombée malade le soir même, une mauvaise grippe, bien que la saison soit passée depuis longtemps. Je suis restée plusieurs jours alitée, très affaiblie. La fièvre provoquait de brèves hallucinations où le visage du docteur Fersen se mêlait à celui de Salva, de Pierre ou de Thibaut, prisonniers anachroniques d'un voyage sans début ni fin.

Il y a trop de monde à l'intérieur, avais-je envie de crier à Thibaut qui s'enquérait de mon état. Les fantômes qui hantent mon huis-clos ne cessent de s'interpeller, irréconciliables, ils m'épuisent. Tu es comme Pierre, aurais-je voulu expliquer à Thibaut, vous êtes raisonnables, vous regardez droit devant, vous n'empruntez pas de détour. Comment espérer que vous fassiez bon voisinage avec les circonvolutions d'un Salva ? Salva n'obéit à aucune logique, il n'obéit à rien d'ailleurs – ça a le don de vous rendre fou ! Écoute, voilà Pierre qui prend la parole. C'est sa tirade, je la connais par cœur. J'ai rencontré Ariane bien avant vous, explique-t-il aux autres, elle n'était qu'une jeune femme et moi un étudiant, nous nous croisions tous les jours dans les couloirs du métro quand je me suis décidé à l'aborder. Nous avons façonné ensemble les adultes que nous sommes devenus, elle m'appelait *l'homme de sa vie* et m'a fait deux enfants. Qui dit mieux ? Moi, ricane Salva ! Il se tourne vers Pierre. Pour moi, elle t'a abandonné, se fichant pas mal de vos enfants et de tes souvenirs niais. Non content du désespoir de Pierre, il s'en prend à Thibaut. Sais-tu ce qu'elle cherche dans chacune de tes caresses ? Moi. Moi qu'elle aime encore, moi qu'elle pleure toujours. Viola entre en scène, suivie de Jonas, blanc comme la mort. D'un coup de capeline, elle fait taire tout le monde. Attrapant un menton ici, une joue là, elle minaude. Taisez-vous, prétentieux bons à rien, aucun de vous ne m'arrive à la cheville. Je suis l'extravagance suprême d'Ariane, la beauté à laquelle elle aspirera toujours, et plus encore à mesure que le temps passera sur sa jeunesse fanée. Je suis son désir inassouvi, de ceux qui arc-boutent une vie. Alors qu'elle parade, un dernier fantôme prend la parole. C'est ce Fersen qui m'apostrophe, tonitruant.

Ariane, aurais-tu peur de moi ?

La voix douce de Thibaut m'a ramenée à la réalité. Assis au bord du lit, il insistait.

Je ne comprends pas ce qui t'arrive, une simple grippe ne met pas dans des états pareils, dis-moi, c'est à cause de Madagascar ?

J'ai attrapé sa main. Il attendait, anxieux, que je le rassure. Que pouvait-il imaginer du bouillonnement qui obscurcissait mon esprit ? Espérait-il une promesse ? Un engagement ? J'ai bredouillé.

Il y a quelques années, je suis tombée amoureuse d'un homme, c'est ce qui a provoqué mon divorce. Mais l'histoire a mal tourné.

Thibaut a caressé ma joue. Ariane, ne te fais pas souffrir inutilement.

Amoureuse, enfin, pas vraiment. Il y avait sa femme aussi, et même leurs enfants. Je me suis reprise, non, les enfants, c'était autre chose.

Son sourire s'est figé et j'ai revu le voile d'incompréhension obscurcir son regard.

Il y a eu de la casse. Beaucoup de casse. Plus que tu ne peux l'imaginer.

Mon malaise a gagné Thibaut, je l'ai senti à la moiteur de sa paume. M'enfoncer, jusqu'à ce que la terre pénètre mes narines, m'endormir au fond du trou – ou sur une route de campagne.

Ariane, tu délires ou quoi ?

J'ai vu le bateau s'éloigner, les vagues si hautes qu'elles engloutissaient l'embarcation jusqu'au mât. J'ai revu le visage de Salva, défiguré par la colère, tu me dois ça, Ariane, après tout ce que j'ai fait pour toi. Les bras de Jeanne, si maigres qu'ils semblaient devoir se briser. Et Guillaume, que la douleur privait de larmes. J'ai senti mes mains trembler, possédées, prêtes à tuer.

Le vacarme intérieur était insoutenable, alors j'ai dit n'importe quoi, j'ai formulé ce qui ressemblait à une vérité, mais qui n'était qu'une hypothèse, redoutée autant qu'espérée, j'ai inventé une réalité dont je ne savais rien.

Cet homme est mort, Thibaut.

En un rien de temps, nos valises sont bouclées, le congé à l'hôtel donné, nos bagages ficelés sur un âne et hop ! nous cheminons sur le sentier de terre en direction de la maison du photographe. Changer la date de nos billets d'avion a coûté une fortune, mais nous n'y pensons plus, impatients de jouir de ce qui s'offre à nous. Il est onze heures et le soleil tape déjà. La sueur perle sur le front de Pierre, il marche trop vite et a oublié sa casquette – ou bien ne veut-il plus la mettre ? Les enfants non plus ne portent pas leur chapeau, je me fais la réflexion et pense aussitôt à autre chose, l'esprit préoccupé par le cadeau que nous destinons aux Sainte-Rose et que je porte à la main. Après des débats sans fin, nous avons opté pour une statuette artisanale dont le vendeur nous a expliqué qu'elle symbolise la force – une pyramide d'animaux en plâtre, chacun reposant sur le dos du précédent du plus grand au plus petit, vache, mouton, cochon, coq... jusqu'au minuscule oisillon qui trône au sommet. Une pièce volumineuse, pour ne pas dire encombrante, onéreuse plus que de raison. À mesure que nous approchons, je me dis que nous avons fait erreur, que jamais ils n'apprécieront, ni le cadeau, ni rien de ce que nous sommes. Nous ne conviendrons pas. L'angoisse m'étreint, je me demande comment faire, laisser tomber la statuette et faire demi-tour, mais Pierre tend la main et propose de me débarrasser du sac. Il fait si chaud que je n'ai pas le courage d'argumenter.

La maison du photographe est vraiment une curiosité. Il faut imaginer une pente dégringolant sur une centaine de mètres jusqu'à la mer, presque à pic. À mi-distance, après avoir descendu une cinquantaine de marches creusées dans la pierre et la végétation serrée, on arrive à une première terrasse à l'arrière d'une construction cubique, sur un niveau. C'est l'entrée, et déjà éclate la blancheur de la chaux. Un escalier intérieur descend vers une vaste pièce en contrebas, à la fois cuisine et salon, donnant sur une deuxième terrasse face à la mer. Les murs et les banquettes sont façonnés à la grecque, dans un ciment bosselé du même blanc immaculé. Peu de meubles, quelques tapis, de minuscules ouvrants pour éviter la chaleur. On devine au-dehors le soleil écrasant et le bleu intense de la Méditerranée.

Les chambres ne sont accessibles que par l'extérieur. Il faut encore emprunter des escaliers qui s'égaillent dans le jardin. Ici ou là, on a creusé la pierre, à la faveur des cavités. En guise de chambres, ce sont plutôt des cellules, poussées un peu partout comme des champignons, des antres minéraux à même la roche simplement passée à la chaux. On y case un mobilier monacal, un lit trop petit pour s'étendre de tout son long, une chaise, une table – on s'y tient à peine debout. Pour source d'éclairage, une fine embrasure sur la mer.

Nous avons beaucoup de chambres, commente Viola en nous guidant dans le jardin, mais à part la nôtre, aucune n'est assez spacieuse pour accueillir un grand lit. Vous aurez chacun la vôtre, Pierre par ici, et toi, Ariane, là, à quelques mètres l'un de l'autre. Déjà Pierre s'extasie, la roche est tellement fraîche, même le lit garde sa froidure de métal ! Dans ma chambre, je fais comme lui, bêtement, je touche la paroi et c'est comme une peau glacée qui me fait frissonner. Je ressors dans le jardin. Les enfants courent partout, maman, viens voir ma chambre ! Impassibles, Tallulah et Jonas nous escortent. Jonas porte les valises. Tallulah suit avec un plateau et propose des citronnades, les fruits sont du jardin, précise-t-elle. Viola appelle Pierre. Elle a cueilli quelque chose et veut le lui faire goûter. Elle porte à la bouche de Pierre un grain vert, il grimace, c'est acide, se plaint-il.

Avale, dit-elle, c'est une grenade, mais ça n'est pas encore la saison.

Une fois mes affaires rangées, je rejoins Viola sur la terrasse la plus basse, juste au-dessus de la mer. Elle s'est installée sur un rocking-chair en rotin et a allumé une cigarette odorante. Du clou de girofle, m'explique-t-elle en soufflant un long panache, je les fais venir d'Indonésie. Elle me propose d'essayer, je ne fume pas, mais j'en aspire une bouffée. Le tabac n'a pas le goût de son odeur, c'est cendreux, étouffant. Je fais un commentaire sur le bonheur d'être là. Sur les chambres *tellement originales*. La vue *incroyable*. Elle ne me répond pas et fume en regardant la mer. Les enfants se baignent dans la crique, mais ce n'est pas eux qu'elle observe, son regard va plus loin, vers le large. Quelques minutes passent, le silence aussi brûlant que le soleil, puis je propose d'aller rejoindre les enfants dans l'eau. Viola rallume une cigarette. Ils font trop de bruit, dit-elle. Elle se lève et remonte vers la maison.

Quand Pierre me rejoint sur la terrasse, l'après-midi tire à sa fin. Les enfants sont sortis de l'eau depuis longtemps, Viola n'a pas réapparu et Salva ne s'est pas montré. Je me suis endormi, dit-il, j'étais crevé. Il s'assied et nous restons tous les deux face à la mer, étreints par la même hésitation, entre exultation et déception. Le sentiment de ne pas appartenir à ce lieu, presque d'en abuser, s'impose à nous avec une violence sourde.

Regarde, dit Pierre en me montrant un point écumant dans l'eau. Au large, un nageur à la trajectoire sportive vient dans notre direction. Sur son dos, une masse blanche rend la silhouette bizarrement compacte, on dirait un mammifère marin, un cachalot. Quand il est assez proche, nous reconnaissons Salva, lesté d'un gros sac en toile étanche. Depuis combien de temps est-il dans l'eau ? Il se hisse sur le ponton, un fusil de pêche à la main, les cheveux en bataille et un air de sauvagerie sur le visage. Il passe devant nous, pas d'humeur à s'attarder. Trop de bateaux, trop de vacanciers, rien attrapé, grommelle-t-il en disparaissant dans l'escalier. Nous le suivons des yeux, puis nous échangeons un regard. Pierre pouffe, une mimique moqueuse que je ne lui connais pas, tandis que des larmes incontrôlées montent dans ma gorge. Je tourne la tête vers le large.

Plus tard, Tallulah vient nous trouver. Il n'y aura pas de repas ce soir, explique-t-elle, maman est fatiguée et me charge de vous dire que chacun doit faire « comme il veut ». Elle nous souhaite bonne nuit et disparaît dans l'escalier. Le soleil n'est pas encore couché. Jeanne et Guillaume ont faim. Désemparés, nous hésitons. Je propose d'aller dîner au port, mais Pierre dit, ça suffit, on ne va pas se laisser mourir de faim, et il s'enhardit dans la cuisine. Il se débrouille comme il peut et prépare des sandwichs que nous mangeons sur la terrasse, face au coucher de soleil. Nous ne trouvons pas les verres. Nous buvons l'eau du robinet en nous penchant au-dessus de l'évier.

J'accompagne les enfants vers leur chambre et dans l'obscurité, le jardin prend l'allure d'un labyrinthe. Guillaume hésite sur le pas de sa porte, je ne pourrais pas dormir avec Jeanne ? Jeanne proteste, tu as vu la taille des chambres ? Guillaume insiste, au bord des larmes, Pierre s'énerve, taisez-vous, vous allez réveiller tout le monde.

Assise sur le bord de son lit, j'attends que Guillaume se calme. Je caresse son front moite, arrange quelques mèches de ses cheveux collées à sa peau, je souffle sur son visage et regarde ses yeux se fermer. Ô ma douceur, ce soir-là, nous nous côtoyons encore, peut-être pour la dernière fois. Ô ma douleur, ai-je vraiment eu le privilège d'être cette femme paisible, penchée sur son tout-petit ? Guillaume s'est endormi. Sa respiration dans le silence profond est celle d'un petit animal tranquille.

Dans le jardin, je m'éclaire avec mon téléphone et je m'approche de la chambre de Pierre. La porte est restée entrouverte. Lui aussi dort, allongé sur le dos. Il n'a pas pris la peine de retirer ses vêtements. Le sac plastique qui contient notre statuette est posé sur le sol.

À peine me glissé-je sous le drap que des éclats de voix s'élèvent. Viola et Salva se disputent, à moins qu'ils rient, je ne parviens pas à décoder les sons, par moments on dirait des incantations ou des suppliques. Je me redresse. Les enfants vont se réveiller, Pierre va venir, quelque chose va se passer.

Rien ne se passe. Le chahut dure dix, quinze minutes, puis le silence retombe. Même la mer s'est tue. Le sommeil ne vient pas. Le lit est trop étroit, ou bien est-moi qui ne suis pas adaptée ? Des sensations confuses se bousculent et me privent de repos – la fragrance exotique du clou de girofle, la gaze fine qui s'accroche au rotin, déchirée par un geste brutal, peu attentionné, déterminé.

Le jour de ma reprise, le docteur Fersen a demandé que je monte à son cabinet. J'ai tenté de me défiler, ai prétexté du travail en retard, de la paperasserie accumulée au cours de mon absence, mais le docteur Fersen a insisté. Il se tenait devant mon bureau, sourire aux lèvres et mains enfoncées dans les poches de sa blouse, ses cheveux en bataille comme au retour d'une longue balade venteuse – une décontraction que n'aurait jamais eue mon père et qui ne sied pas à l'exercice de la médecine. J'avais à peine relevé la tête, à la limite de l'impolitesse, encore fatiguée de la grippe, le cœur contrarié par une tension rageuse.

Comme il restait sans bouger et pour faire cesser le sourire narquois, j'ai suivi le docteur Fersen dans l'escalier. Le colimaçon paraissait ne pas avoir de fin, à croire que des marches s'ajoutaient sans cesse et que nous montions très haut – bien plus haut que dans mon souvenir. Le docteur Fersen n'était pas pressé, sur chaque marche il posait les deux pieds – *c'est moi qui décide*, scandait son lent pas à pas.

Un cabinet de dentiste a toujours un aspect désordonné, même si le praticien est organisé, cela tient aux instruments dispersés un peu partout, faute de place souvent, et à la machinerie volumineuse qui pointe de façon anarchique ses bras désarticulés. Mais là-haut, tout était impeccable. Un grand bureau recouvert d'un maroquin vert trônait au centre de la première pièce. Au sol, on avait disposé un tapis aux motifs sophistiqués. Les masques en bois avaient été fixés et formaient une galerie parfaitement alignée. L'espace était divisé en deux par un haut paravent, dont les panneaux de bois étaient ornés d'une peinture orientaliste – sur la partie centrale, une femme relevant une épaisse chevelure rousse a éveillé un souvenir diffus, bras en couronne au-dessus de la tête, le regard appuyé, seins nus. Aucun instrument n'était apparent, pas plus que le fauteuil dentaire, et j'ai supposé que la zone d'examen se trouvait dans la seconde pièce. Le cabinet du docteur Fersen ressemblait à un salon de ministre, de psychanalyste ou d'avocat – mais pas à celui d'un dentiste.

Asseyez-vous, a dit le docteur Fersen en tendant la main, puis il s'est installé dans le profond fauteuil à oreilles derrière son bureau. Il m'a fixée de ses yeux noirs, sévère comme un professeur. Je me suis assise sur la petite chaise et j'ai eu envie de m'enfuir – un paradoxal désir en lutte avec l'impulsion m'intimant de rester et de ne pas perdre une goutte de ce qui allait suivre.

J'ai besoin d'une assistante, a expliqué le docteur Fersen. Rien de technique. Quelqu'un pour classer mes notes, s'occuper de mes rendez-vous, accueillir mes patientes. Je me suis arrangé avec les confrères. Dorénavant, vous travaillerez les lundis pour moi. Concernant vos autres missions, on vous allégera.

Vous verrez ça en bas, plus tard. Tous les lundis. Pour commencer.

J'ai pensé poser quelques questions d'ordre pratique, mais je me suis tue. Le docteur Fersen avait une façon d'affirmer qui rendait inutile la discussion. Un ascendant sans appel, de ceux auxquels il ne m'est pas possible de résister. De cette assurance qui fait penser, *il sait mieux que moi.* J'ai hoché la tête, puis le docteur Fersen a attrapé un dossier et n'a plus dit un mot. Nous étions mercredi. Cinq jours avant de remonter.

À l'étage inférieur, l'éclat des halogènes m'a éblouie. Des hommes et des femmes s'agitaient dans la lumière blafarde. Certains lisaient un magazine, d'autres patientaient, les yeux dans le vague, droits dans leurs bottes. J'ai vaqué à mes occupations, mais une part de moi était restée dans la pièce sous les toits. J'ai tenté la diversion, suis allée prendre un café, ai envoyé des mails et passé des coups de fil – en pure perte. Dans cinq jours, j'y retourne, ai-je remâché, incapable de statuer sur l'émotion suscitée par l'attente. Puis je suis allée aux toilettes et dans le miroir, j'ai croisé mon regard.

Dans mes yeux, tremblait une lueur obscure, celle-là même qui brille dans les prunelles animales, impénétrable. J'ai reconnu ce regard, oublié depuis l'été sur l'île, cet air farouche qui suppliait. Ma part sombre venait de se réveiller et affolait de nouveau mon âme, balayant d'un revers les efforts déployés toutes ces années à me contenir. Le docteur Fersen venait de mettre un coup de pied dans le tas de plumes. Sa manière de jauger et d'exiger me faisait voler en éclats, éparse une fois de plus, acquise déjà. Il avait suffi d'un timbre dans la voix, d'un regard dont on ne distingue pas le fond et j'étais de nouveau prête à me laisser posséder. Impétueuse comme jamais, la sauvagerie s'était remise à respirer dans ma poitrine.

Je suis retournée à mon bureau et la journée a filé. Tous les lundis. Pour commencer. Les mots claironnaient leur promesse effrontée et déchargeaient leur fol espoir. Voilà de quoi se repaissent les loups. Avant même le festin, ils pourlèchent leurs babines, assurés sous peu de croquer la chair encore chaude de leur proie. La part folle se remet à espérer que la vie va enfin se mettre à cavaler, qu'elle va s'emballer jusqu'à décoller. On se reprend à attendre l'instant où l'on sera propulsé dans les nuages *mordus de sang*, éclatant le fourreau qui ensache l'étroitesse du monde.

On espère, même si on sait combien la chute sera brutale.

Dans le métro qui me ramenait chez moi, une phrase du docteur Fersen m'est revenue. *Quelqu'un pour accueillir mes patientes.*

Quel genre de dentiste pouvait se payer le luxe de n'avoir qu'une clientèle féminine ?

J'ai par la suite cessé de m'interroger au sujet du docteur Fersen. Je ne me suis plus étonnée de ce médecin aux boucles noires, ni de sa mansarde sous les toits. Mes questions ne trouveraient pas de réponse, dissuadant ma raison d'investiguer plus longtemps – comme *là-bas*.

Éblouie par une clarté au spectre soudain plus large, je n'ai plus vu que la porte au fond du jardin. Il suffit de la pousser pour emprunter une contre-allée virginale. Je n'ai plus entendu que l'irrésistible appel, comme celui lancé par les Sainte-Rose, sur leur île de paradis.

Viens brûler tes ailes.

Ce qui frappe quand on vit avec les Sainte-Rose,
c'est leur aptitude aux « petites phrases ». De celles
qui donnent sa poésie au monde, et qui en font un
enfer. Les Sainte-Rose affirment, tranchent, catégoriques, et on n'a qu'une envie, les croire. Avec le recul
et à y réfléchir, un doute s'introduit, une ambiguïté
qui rend meuble le discours. Les petites phrases des
Sainte-Rose portent à faux et baignent dans l'équivoque. Elles sont si tentantes qu'il faut une volonté
de fer pour ne pas y succomber. Mais les suivre est
aussi vertigineux qu'un saut de l'ange.

Salva dit, je rêve de savanes et de liberté.

Il dit aussi, la nature m'aime.

Il s'adresse à Viola, tu es mon plus beau chef-
d'œuvre. Je ferai chavirer le monde pour toi – il me
semble ne jamais avoir entendu promesse plus radicale. Qu'espérer de plus que la bascule du monde ?
Dans mon esprit fleurissent des images de livres
d'enfant, notre planète est une sphère hérissée par-
dessous d'immeubles pointant vers le vide, tandis
que par-dessus, se dévoile un ventre rond et vierge.

Morte, je t'aimerai encore – il dit bien, *morte*, et
non *mort*.

À moi, il dit un jour, tu n'es pas techniquement vieille, mais tu as un rapport au temps de vieille.

Je lui demande de s'expliquer. Il balaie ma question d'un revers de la main. J'ai mes raisons, dit-il. Salva repousse toutes les questions. C'est un causeur invétéré qui devient laconique lorsqu'on le sollicite. Ses phrases n'appellent pas de développement. Elles n'existent que pour leur beauté, ou leur violence. Derrière, il n'y a rien. Elles sont à prendre ou à laisser. Un œil critique serait tout de suite en alerte, trop d'esbroufe et d'images convenues, mais je suis une débutante et je gobe toutes ses sornettes. Aveuglée, je crois y voir une ombre portée, une dimension cachée – je me sens à deux doigts de percer le mystère. Le flou a ses mérites, qui rend les angles moins coupants et la matière plus tendre. Le flou n'est-il pas le germe de la poésie ? Je deviens vite adepte de sa rhétorique. Je me désintéresse du tangible, des faits. Il faut cesser de vouloir faire la lumière coûte que coûte, pensé-je, à quoi bon la perspicacité ? Je me laisse visiter par les oracles, je m'extasie devant la perspective nouvelle, comme devant un paysage que j'aurais oublié d'admirer.

Salva fait des reproches aussi. Il râle contre Viola, beaucoup. Parfois, il tape sur la table et donne de la voix, sans s'embarrasser de notre présence. De l'amour total à l'amour totalitaire, il n'y a qu'un pas. Je mérite autre chose, dit-il, je mérite d'être choyé. Tu devrais avoir honte. Ne penses-tu donc jamais à me faire plaisir ? Si tu savais la patience qu'il me faut… Respecte-moi, j'ai un sens aigu des situations. Tu finiras par me perdre si tu ne me suis pas.

J'aime assister à leurs assauts. Je les observe se chamailler, sourire aux lèvres. Moi qui n'ai jamais un mot de discorde avec Pierre, il me semble découvrir un monde inexploré, où les puissants combattent et se réconcilient avec la même fougue – un royaume où l'on m'intronise. Dans ces moments-là, Viola laisse faire Salva, comme s'il pouvait tout se permettre – et même sa vulgarité paraît noble. Elle ne riposte pas. On ne peut contrecarrer Salva. Sa fantaisie est trop belle. Inépuisable, Salva nage, pêche, court et discourt sans reprendre son souffle. Lorsqu'il a terminé, il recommence, une nouvelle entreprise, une épreuve de plus. On ne discute pas l'autorité d'un seigneur. Devant un corps infatigable, on s'efface. Salva tient le monde sous son allégeance.

Quand elle arrive au petit-déjeuner, Viola s'étire et dit, aujourd'hui est beau comme le premier jour. Elle se penche et chuchote à mon oreille, et toi, tu es belle comme le plus beau matin. Il n'y a qu'avec les femmes que je me sente bien, ajoute-t-elle, et elle embrasse ma main. Mettre son cœur en jachère est une hygiène, me confie-t-elle, qu'il se repose pour mieux fertiliser le prochain amour. Je lui rends son sourire, inquiète de ne rien laisser paraître de mon ravissement.

Tallulah dit avoir vécu d'autres vies. Elle pratique l'hypnose pour se reconnecter à ses expériences passées. Crois-tu aux fantômes ? me demande Viola. Tallulah ramasse des galets, des tessons de verre doux comme des caresses, des carapaces d'oursins – elle façonne des objets sans utilité en fermant les yeux. N'est pas artiste qui veut, commente Viola.

Même Jonas n'échappe pas à la règle des petites phrases. Pourtant, c'est un enfant silencieux, d'une élégance muette dont on se demande par quoi elle est motivée. Corvéable à un point parfois gênant, il ne se plaint jamais, mais il n'a pas son pareil pour assener du doute. Dans la cuisine, il me regarde de ses yeux noirs comme des cavernes, et il a ces mots glaçants. Tout le monde se sert de tout le monde, dit-il, certains plus que d'autres, c'est tout.

Quoi qu'il en soit, chez les Sainte-Rose la gaieté est de mise et fait oublier le reste. Elle culbute ses hôtes dans un tourbillon de rires et de métaphores fleuries. Chaque veinure est un passage qui conduit à l'exaltation et je me laisse couler dans toutes les directions. La fantaisie se cultive, c'est une posture, quasi une religion, elle a ses territoires aux abords du réel, sur ce limbe qui fait vivre dans un léger vertige et battre le sang un peu plus fort.

La fantaisie est aussi une fleur fragile, une brèche étroite qui se referme à la moindre menace. Je découvre que la fantaisie se tient sur un fil, qu'elle requiert maîtrise, confiance, et abandon. Les couleurs de la fantaisie jouxtent celles du mensonge, à peine délimitées, les unes bavent sur les autres, le peintre s'emmêle les pinceaux et les images se troublent, un tout petit décalage qui pose la question inextricable du juste. Les mondes sont poreux. D'un côté, il y a le réel dont on a repeint les couleurs, les jours passés sur une île miroitante où deux familles coulent des jours heureux. De l'autre, il y a les énergies troubles, par petites touches de bizarrerie, elles déforment, déplacent, détruisent. Peu après notre arrivée chez les Sainte-Rose, je m'aperçois que Salva ment. La plupart du temps, ce sont des broutilles. Il n'y avait plus de brioche à la pâtisserie, dit-il aux enfants déçus alors que je l'ai vu les avaler dans la cuisine. J'ai le syndrome du jumeau perdu, confie-t-il un jour à table. Viola éclate de rire, tu n'as pas même un frère ! De menus objets disparaissent et il semble déplacé de revendiquer une propriété. La fantaisie s'étend comme une eau sombre et emporte biens et personnes sans faire de distinction. Elle a tôt fait de nous recouvrir tous les quatre.

Ce soir, Jonas porte à son poignet la montre offerte pour les treize ans de Guillaume. Je ne commente pas. Accuse-t-on un enfant ? Guillaume est penché sur l'un des dessins de Jonas qui se fait prolixe lorsqu'il s'agit de commenter ses chefs-d'œuvre. Jonas rêve de sous-marins et de fusées et échafaude des plans *tout à fait réalistes* – un oncle ingénieur l'a affirmé, époustouflé par son neveu surdoué. En mal d'oxygène, la bouche de Guillaume bée comme celle d'un poisson échoué sur le pont d'un bateau. Les jambes du pêcheur passent et repassent sous son œil hébété, indifférentes aux soubresauts du poisson argent.

À quoi pense Jeanne à cet instant, tandis que Tallulah raconte les tournées en Europe de sa chorale ? Jeanne a lissé ses cheveux et porte un collier que je ne connais pas. Elle redresse son buste dans l'espoir d'égaler l'allure de Tallulah et contient son ventre rebondi sous une blouse lâche. A-t-elle mis du rouge à lèvres ? Sa bouche brille comme une cerise.

La chemise de Pierre est déboutonnée jusqu'à mi-poitrine et laisse entrevoir son torse bronzé. Il ne se coiffe plus et sa barbe a poussé. Il est pieds nus. Il fume.

Chacun de nous suit sa route vers un horizon plus fécond. Nous découvrons le caractère sacré des désirs individuels et nous nous détournons du projet commun. Mes enfants entament leur ascension, même si je le voulais – et je ne le veux pas, admirative de leur envol –, ils ne m'écouteraient pas. Il faut que jeunesse se passe, dit-on. Oui, elle va passer, trop tôt et trop vite passer. Je ne peux pas plus rattraper Pierre, qui lui aussi vit son heure. Ai-je seulement le droit de briser son élan ? La question ne se pose pas. Je suis trop occupée à vivre la mienne.

Nos chemins vont diverger sans même que nous en prenions conscience. Petits et grands apprenons la même leçon.

Un maelström de forces contradictoires nous habitent, nous autres humains – des forces irréconciliables. Lorsque l'une d'elles prend le dessus et que nous sommes enfin régis par une puissance univoque, nous n'avons plus d'autre choix que de nous laisser présider. On ne peut résister à soi-même.

L'année scolaire s'est achevée dans une atmosphère confuse. Thibaut, Jeanne et Guillaume s'agitaient autour de moi, pressés ou empressés, toujours à faire ou à dire. Ils réclamaient des actes ou des paroles, ce que je leur donnais semblait les satisfaire et quand ils en redemandaient, je m'exécutais encore, avec un sourire qui ne semblait pas les inquiéter. Avaient-ils pris l'habitude de me voir retranchée dans un lointain d'où je ne sortais jamais ? Chacun était-il trop occupé par lui-même ?

Mes semaines prirent un nouveau rythme, polarisé autour des lundis, jour de l'ascension du colimaçon. Pourtant, il ne se passait pas grand-chose, les lundis. Je montais à neuf heures précises. Le docteur Fersen se trouvait déjà à son bureau, occupé à je ne sais quels travaux. Il avait installé pour moi une petite table contre un mur, juste en dessous d'un masque que je regardais subrepticement – un visage de loup sculpté dans du bois blanc, aux narines dilatées et aux orbites évidées, déformé par une babine supérieure qui laissait apparaître une monstruosité de canines dans une gencive noire.

Chaque lundi, le docteur Fersen préparait de quoi m'occuper pour la journée. Il s'agissait de tâches dérisoires et anachroniques – recopier des listes, mettre à jour des fichiers manuscrits, rédiger des lettres qu'il dictait, debout derrière moi. Dans sa correspondance, il s'enquérait de l'état de santé d'une patiente, ou dispensait des conseils désuets tels que l'usage du bicarbonate pour le blanchiment des dents, pas plus d'une fois par semaine sous peine d'altérer l'émail, un peu de jus de citron mêlé au dentifrice pour éliminer le tartre, ou la pratique des bains de bouche à base de racines de guimauve et de réglisse, à parts égales – un mélange aux vertus anti-inflammatoires.

Je tâchais de rester concentrée sur mes menues besognes, mais je me sentais prise dans un double faisceau de perturbations, l'un émanant du faciès animal au-dessus de moi et l'autre, dans mon dos, lié à la présence du docteur Fersen. Sur quoi fixait-il son regard ? Sur mon cou que je laissais apparent sous mes cheveux relevés ? Ou bien était-ce mes jambes qu'il observait, croisées et repliées sous la chaise ? Une fois le courrier rédigé, il s'asseyait derrière son bureau et aucun indice sonore ne me permettait plus d'imaginer ce qu'il faisait. J'étais dévorée par l'envie de me retourner, ce que je m'interdisais, obéissant à une consigne fantasmée. Je gardais la nuque baissée au-dessus de mes dossiers, tâchant de faire le moins de bruit possible. À mesure que la journée avançait, je sentais monter une étrange tension, provoquée par l'attente, absurde, que survienne quelque chose, une parole ou un geste qui briserait le *statu quo* et solliciterait l'Ariane oubliée, l'autre moi brièvement connue et tellement aimée, aux ailes larges déployées au-dessus de la mer Égée.

Quand je quittais l'intimité du cabinet à la fin de la journée, j'enfilais à regret mon costume trop étroit. Les retrouvailles avec moi-même avaient été de courte durée. Il me fallait réintégrer cette autre femme qui avait peur d'un rien et qui mentait pour tout, fragile et dure, que je détestais. La semaine s'allongeait dans une perspective sans fin, regagnant en intérêt à mesure qu'on s'approchait du week-end et du nouveau centre de gravité de mon existence – le prochain lundi. Seul comptait le jour. Le reste s'effaçait.

Entre deux rafales de vent, les gestes répétés des millions de fois se perpétuaient. J'accompagnais les miens. J'écoutais. Je constatais l'émergence d'un nouveau tropisme familial polarisé autour de Madagascar – les complexités de la situation sur place, comment préparer une valise pour six mois, variations autour de la faune et la flore locales. Je ramassais un verre brisé, le contenu épars d'un paquet de spaghettis, maladresse de l'un, excuses de l'autre, tout était pardonné, de nouveau recouverte de plumes sur lesquelles la vie glissait.

— Maman.

J'entends cette voix.

— Maman, c'est la quatrième fois cette semaine qu'on mange des steaks hachés.

J'entends la voix de mon fils. Je le regarde. Je regarde ma fille. Thibaut est là aussi, patient, si patient.

Je suis sur un rocher qui surplombe la mer face au Péloponnèse et je guette un bateau qui ne revient pas.

Je manipule les gens, explique Salva entre deux bouchées. Attention, complète Viola, Salva n'est pas un ostéopathe comme les autres. Les gens viennent de loin pour un rendez-vous et peuvent attendre des mois qu'une place se libère. Des mains en or. On n'y croit pas tant qu'on n'a pas essayé. Comme s'il nous dévoilait son âme, Salva ouvre ses mains sur lesquelles nous nous penchons sans rien voir, puis il les frappe l'une contre l'autre en éclatant de rire. Nous sursautons et nous rions à notre tour, penauds, mais heureux.

Et toi, Pierre, que fais-tu ?

En bon camarade, Pierre explique le parcours dont il est si fier. Ses études dans une école de commerce, puis l'entreprise, trente ans durant à gravir les échelons, s'ouvrir à l'international, les US, la Chine, les grands cycles de l'économie mondiale. Il retarde le moment d'annoncer sa vacance actuelle, reformule, prendre du recul, un bilan à mi-parcours, comprendre ce qu'il veut faire du reste de sa vie.

Tu as raison, dit Salva, se réinventer, c'est le secret. Si tu crois que j'ai toujours été ostéo… Il faut essayer, se chercher sans cesse… Marine marchande…

Marionnettiste… Dératiseur… On n'en a jamais terminé de soi. À Paris, je te présenterai des gens, si tu as besoin d'un coup de main. Un ami cherche un directeur pour sa salle de théâtre, un gars sérieux. Un autre veut lancer sa start-up, dans le business comme toi, ça bouge, tu sais, il faut être sur tous les fronts.

Pierre remercie, embarrassé, leur conversation tient du dialogue entre un saltimbanque et son banquier.

Viola fait diversion en apportant les brochettes. Voilà la prêtresse de l'univers, clame Salva, raconte-nous qui tu es, divine ordonnatrice, mais version *kindergarten*, pour les béotiens que nous sommes.

Viola est astrophysicienne. Elle étudie la matière noire, celle qu'on ne voit pas, mais qui nous entoure – son bras se lève dans le vide en question –, la matière transparente qui manque pour expliquer le cosmos, la gravitation et tous les grands phénomènes de la physique. Savez-vous que la matière ordinaire, celle qui constitue cette table, la mer, les étoiles, la lumière, ne compte que pour 5 % de notre univers ? On ne sait pas vraiment de quoi est fait le reste. Il en manque beaucoup pour faire le compte… Mais je ne travaille plus, ajoute-t-elle, la *dark matter* peut rendre fou, trop d'hypothèses, trop d'incertitudes, je n'étais pas faite pour cela.

Nous nous exclamons, nous avons tant de questions à poser, l'astrophysique est un monde passionnant, aurait-on pu imaginer Viola en chercheuse scientifique, mais Salva nous impose le silence. Stop. Pas ce soir, les amis. Ma femme est un pur esprit, mais ce soir, je veux boire à la matière ordinaire, celle que je peux toucher, dit-il en embrassant l'épaule de Viola. Faut le faire, tout de même, ajoute-t-il en riant, des années d'étude et de labeur pour en arriver *là*.

Nous trinquons. Le commentaire de Salva prend sa place dans le lot des phrases impossibles à décoder. Viola ne réagit pas, si ce n'est un mince sourire qu'elle adresse à Salva.

Et toi, Ariane la discrète ? Dis-nous ce que tu aimes.

Salva et Viola ont tourné leur regard sur moi et dans leurs yeux, je crois entrevoir la fameuse énergie manquante – celle qui fait défaut à ma vie depuis toujours –, la matière sombre où les forces circulent, fascinantes et dérangeantes. Je me livre comme rarement. Même Pierre n'en sait pas autant. Je prends le temps de raconter mes rêves de jeunesse, les années au conservatoire de piano, le travail acharné, les concours, l'espérance. Je rajoute du sang sur le clavier, des fleurs dans mes cheveux. Je leur détaille Bach, mon maître, pour lequel il faut deux cerveaux, un pour chaque main, tant les lignes mélodiques sont complexes. Si tu étais un poulpe, tu t'en sortirais mieux, ils ont huit tentacules et trois cerveaux. Qui a fait la blague ? Tout le monde s'esclaffe, sauf Salva. Il me regarde de ses yeux noirs où vacille la lueur des bougies. Ma poitrine se serre, pour un de ses regards zébrés de feu, je donnerais tout. Il y a un piano à la capitainerie, dit-il. Un beau piano à queue. Il appartenait à un armateur grec amoureux d'une pianiste. Pour la séduire, il fit venir le piano par bateau, mais la pianiste ne se donna jamais la peine de se déplacer et brisa le cœur de l'armateur qui de dépit, en fit don à la ville. Personne n'en joue jamais. Il prend la poussière depuis des années.

Viola nous tend les plats, nous nous resservons, nous rions toujours, mais Salva est sérieux. Nous allons organiser un concert. On invitera du monde, des gens importants, le maire, et même le pope. Je proteste, je n'ai pas mes partitions, rien travaillé, mais Salva n'écoute pas. Salva n'écoute jamais. Samedi prochain, ce sera parfait, juste ce qu'il faut pour lancer les invitations et tout organiser. Je te prêterai une robe, renchérit Viola. Une robe de gala.

Pierre s'enthousiasme. Les enfants applaudissent. Et je me tais. Chez les Sainte-Rose, la matière invisible, celle dont Viola est la spécialiste, abolit la frontière entre le réel et le rêve. Ici, on ne peut nier l'existence d'une réalité parallèle, d'apparence similaire à la nôtre, mais dont assez de détails diffèrent pour constituer un autre possible. Dans cette dimension alternative, je suis peut-être devenue concertiste. Je porte sans doute des robes de gala. Mes rêves ne se sont pas fracassés contre le volant d'une voiture sur une route de campagne près de Compiègne. Après tout, la vérité n'a pas qu'un seul visage.

Éblouie par les soleils noirs, je garde les yeux mi-clos et je prie. Faites que les choses restent en leur suspens. Que le mystère persiste, à jamais impénétrable.

Thibaut, Jeanne et Guillaume m'ont demandé de m'installer sur le canapé, prévenants comme avec une personne âgée, le même sourire affecté aux lèvres. La disposition de chacun devait avoir son importance, ils ont hésité, assieds-toi là, a dit l'un, non, ici c'est mieux. Ils ont fini par prendre place en cercle autour de moi.

J'ai attendu en silence. De quel procès s'agissait-il ? Allaient-ils se plaindre de mes services ? Me demander des comptes, me reprocher ma distraction récente – structurelle ? Ils ont échangé des regards embarrassés. Aucun ne semblait disposé à se lancer, ils n'avaient peut-être pas assez répété.

Thibaut s'est raclé la gorge. Voilà, nous avons une proposition à te soumettre. Tu n'as pas à répondre tout de suite, aucune urgence, enfin presque. Avant de dire non, essaie de nous donner une chance. Les enfants ont envie de faire un voyage. De se rendre utiles. Ils m'ont beaucoup questionné sur l'association. Ça ne t'a pas échappé. L'été, ils prennent des étudiants bénévoles. Aider à la construction d'une école. Un gros mois à Madagascar. Une expérience unique. Forge le caractère. Tu pourrais venir aussi.

107

Moins longtemps si tu préfères. Vacances. Les plages de Madagascar. Les parcs naturels. Centenaires. Lémuriens. Baobabs.

Un discours vite prononcé, puis l'expectative. Trois paires d'yeux fixés sur moi. Allais-je fondre en larmes ? Hurler ma détresse, ma colère ? Me lever, m'enfermer dans ma chambre ? Comme pour me retenir, Thibaut avait saisi ma main qu'il serrait par intermittence, une berceuse muette dont il n'avait conservé que l'impulsion légère. Guillaume avait baissé les yeux, les joues rougies par l'émotion, et Jeanne, ma grande et courageuse fille, ma magnifique combattante, pleurait.

Je suis restée sans voix.

L'intérêt des enfants pour Madagascar m'avait bel et bien échappé. Sans me poser la moindre question, j'avais imaginé que nous partirions cet été chez ma tante dans le Lot, retrouver cousins et amis d'enfance. Je découvrais qu'il existait un monde dont je ne faisais pas partie. On œuvrait dans mon dos. Je constatais, stupéfaite, que mes enfants avaient besoin de déployer une armada de précautions pour me parler, voire d'avoir recours à un porte-parole. J'ai pensé aux difficultés de Guillaume, privé de sport et incapable de parcourir de trop longues distances sans se mettre à boiter. J'ai revu le visage de Jeanne sur lequel la mort s'était inscrite, la cavité profonde des orbites où ses globes oculaires s'enfonçaient comme s'ils allaient disparaître. Mes deux enfants projetés dans un ailleurs hors d'atteinte, vulnérables, partout le danger, insectes, serpents, maladies tropicales. Drogues. Guérillas. Tsunamis. Hallucinations

108

géographiques, sorcellerie, cannibalisme. Fins du monde.

Et les enfants de Viola ? Avaient-ils eu peur avant de monter dans le bateau ? Avaient-ils demandé des explications, partir si vite, pas même le temps d'attraper quelques affaires, effrayés par les cris, les gestes brusques, la folie dans les yeux de leur mère ? Avaient-ils regardé la rive s'éloigner jusqu'à ne plus pouvoir distinguer la maison, et, détournant la tête vers le large, avaient-ils pleuré en découvrant l'immensité tout autour, la mer démontée, destination inconnue ?

Avaient-ils été soulagés ?

Et que dire du désarroi de ma mère lorsqu'à seize ans, j'avais remporté le premier prix du conservatoire ? Le flottement dans son regard disait combien elle était perdue, tiraillée entre la fierté, la liesse autour de nous, les félicitations qui pleuvaient, et l'immense solitude dans laquelle elle était soudain projetée, son jouet favori évoluant à présent sur des territoires où elle n'avait aucune compétence et où elle finirait par me perdre. Ma mère qui parfois suppliait, arrête, Ariane, je t'en supplie, arrête avec ton piano, tu me casses les oreilles. Au lendemain de cette consécration, elle avait proposé, comme une réjouissance, d'aller chez le coiffeur. On va voir ce que tu donnes en blonde. Il n'y a pas beaucoup de pianistes blondes. On se souviendra plus facilement de toi.

Soudain, la difficulté d'être mère m'est apparue insurmontable. Empêtrées dans nos imbroglios intimes, comment ne pas faire de nos enfants les complices involontaires de notre fragilité, les victimes collatérales de nos limites ? Est-il tolérable de mêler à ce point les enfants à nos danses macabres ? Ne sommes-nous pas *le monstre dans la maison* ?

Guillaume. Jeanne. J'ai plongé dans leurs yeux et ce que j'y ai lu m'a bouleversée. Laisse-nous partir, suppliaient-ils. Laisse-nous, tout court. Aller sans toi. Respirer. Loin de toi. Déjà sonnait l'heure. Le temps avait filé. À peine deux décennies et voilà qu'on m'amputait du tout juste né. Mes enfants réclamaient leur liberté. Vibrant appel formulé aux mères, surtout aux plus fragiles. La fragilité est la pire des geôles. Je le sais trop bien. De mon absence dépendait le succès de leur entreprise.

J'ai desserré la mâchoire. Au plus profond, les fondations ont tremblé, cimentées depuis des années, mes dents se sont descellées dans un nuage d'os. J'ai ouvert la bouche, laissant s'échapper, comme les oiseaux d'une cage, mes souvenirs, mes attentes indicibles, mes déceptions.

J'ai souri.

Alors, cette école. Racontez-moi.

En arrivant au cabinet le lundi suivant, j'ai trouvé le docteur Fersen consultant un ouvrage devant sa bibliothèque, dos à l'escalier, et sur ma table, une lettre manuscrite.

Tu dois acheter un soutien-gorge sans bonnet. On en trouve sur internet, mais il te faut l'acheter dans un sex-shop. Peu importe lequel, il y en a tant et plus de partout. Sans bonnet, noir, bon marché. Tu pourras demander à l'essayer en cabine. Tu le porteras lundi prochain, tous les lundis et les lundis uniquement.

Je me suis assise. J'ai relu les mots tracés à l'encre bleue d'un trait épais, impérieux, puis j'ai plié la feuille et l'ai glissée dans mon sac.

Je me souviens de cette petite plage à l'autre bout de l'île, en pente douce vers l'eau et bordée d'une falaise découpée dans une roche sombre. Nous y avions trouvé refuge, Viola, Salva et moi, attendant Pierre et les enfants partis explorer les alentours.

Viola et Salva avaient étendu leur serviette de part et d'autre de la mienne, et nous nous étions allongés tous les trois pour prendre le soleil. Nous étions restés silencieux, les yeux clos, bercés par la rumeur des vagues – et moi, suspendue à l'instant. Puis à ma droite, j'avais senti la main de Viola effleurer la mienne, attraper un de mes doigts, grimper sur mon poignet et se glisser sous ma paume comme un crabe farceur... tandis qu'à ma gauche, le même jeu nonchalant s'accomplissait, mené par Salva d'une façon si semblable qu'il avait bientôt été difficile de me souvenir qui était allongé de quel côté.

Plus tard, le cœur encore affolé et alors que nous avions repris la mer pour rentrer au port, je m'étais penchée sur Viola.

Pourquoi *nous* ? avais-je chuchoté dans son cou.

Elle avait tourné vers moi son regard d'eau.

Pour votre normalité, m'avait-elle répondu.

Je n'avais pas compris sa réponse, pourtant je n'avais pas davantage insisté. Importune-t-on ceux qui nous dépassent en tout et que l'on vénère ? Il était plus simple, et surtout plus bénéfique, de profiter de ce qu'on nous offrait sans réfléchir plus loin, et je n'avais rien fait pour décrypter ce qui se tramait chez les Sainte-Rose. Qu'attendaient-ils de nous ? Quel vide étions-nous en train de combler ? De quel animal triste étions-nous le festin ? Accueillis comme des princes, devenus l'ombre de leurs ombres, le jouet de leurs mains taquines... Je ne sais rien de Viola, et encore moins de Salva. Quand ils ont disparu, mon ignorance m'a accablée, mais il était trop tard. Les questions ont jailli à foison, que j'aurais tant voulu poser. Où êtes-vous nés ? Dans quel pays avez-vous grandi ? Comment s'appelait votre meilleure amie, la cousine qui vous faisait rêver, le chien contre lequel vous vous êtes blottis ? Dans quelle eau avez-vous appris à nager ? D'où vient votre grâce ? Cette mimique charmante, de qui l'avez-vous héritée ? Et les autres étés, comment les avez-vous passés ? Qui avez-vous dévoré ?

Je n'ai pas assez regardé autour de moi. J'ai négligé le passage des heures roses aux heures bleues, les chapelles blanches enfouies sous les bougainvilliers, l'eau en perpétuel mouvement, comme une membrane de verre souple sur un corps respirant. Négligé les pinèdes qui abritent la gentillesse des vieux, l'errance des chèvres la nuit que l'on devine au tintement des cloches, les embouteillages sur mer comme sur terre les jours de ravitaillement, quand le

114

cargo ouvre sa gueule de rouille et déverse sur le quai palettes, bidons, moteurs, de quoi harasser les mules endormies qui s'élanceront d'un coup de badine...

Je suis restée muette, suspendue à leur désir. Au fond, cela ne change rien. On a beau s'intéresser, on n'en sait jamais assez. L'essentiel ne nous est pas révélé. L'histoire de chacun est une légende, qui s'invente selon les auditoires – Viola et Salva se sont façonnés pour nous, devant nous, puis ils se sont évanouis.

Pourquoi *moi* ? me suis-je demandé les jours suivants, pliant et dépliant la lettre du docteur Fersen. Qu'attend-on de moi ? Que faut-il faire pour satisfaire ? Vais-je de nouveau devenir le jouet d'un animal au cœur fêlé ?

Je n'ai pas plus cherché à comprendre le docteur Fersen que les Sainte-Rose. Une fois de plus béate à attendre qu'on me saisisse, je me suis contentée de réceptionner ses lettres, la première et les suivantes, et d'explorer entre les lignes ce qu'elles avaient à dire de moi. Aurais-je dû me pencher sur lui et doucement chuchoter dans son cou, *pourquoi moi* ?

Il est trop tard pour s'interroger.

Bientôt, Thibaut partira sans que je n'aie eu le temps de lui poser la même question. Mes enfants s'envoleront, quelques soleils levés et aussitôt couchés, nous nous serons à peine croisés. Chacun emportera un maigre bagage, quelques joies et beaucoup de peines, une poignée de souvenirs et des mystères en pagaille.

Il est trop tard, hier comme demain. Bientôt, d'autres prendront ma place. Ils arpenteront mes trottoirs. Ils s'assiéront sur cette chaise qui me soutient aujourd'hui et qu'ils penseront posséder, sous ce toit que j'appelle le mien. Leur regard ému se lèvera vers ce soleil qui ne semble briller que pour moi.

L'histoire conservera ses trous noirs.

Et je resterai orpheline de savoir.

Salva danse autour de mon corps nu. Immobile sous son regard, les mains jointes devant mon sexe, je suis une statue offerte à sa volonté. Nous nous tenons sous un grand lilas en fleur. La cascade de pétales blancs creuse une arche au parfum entêtant. Salva s'approche, soulève mes cheveux et murmure mon nom. Ariane. Son souffle fait courir un frisson. Ariane, il est temps de voyager à travers tes peurs.

J'ai ouvert les yeux et étendu les traînées du songe. La voix de Salva chuchotait encore à mon oreille. *Voyage à travers tes peurs.* Oui, Salva disait ce genre de choses. *Sors de toi. Déplace-toi. On ne peut rien faire sans prendre beaucoup de risques avec soi-même.*

Il m'est soudain apparu que l'homme dans mon rêve n'était pas vraiment Salva, mais que ses traits s'étaient superposés à ceux du docteur Fersen sans qu'il ne soit plus possible de distinguer l'un de l'autre, inaugurant la nouvelle figure de mon désir. Un appel incertain, accaparant, à contre-courant de mes certitudes.

Peut-on échapper à ses choix ? Oui, affirme-rait Salva. Oui, confirmerait sans doute le docteur Fersen. C'est justement cette possibilité qui rendait irrésistible leur appel. Ils se situaient tous les deux du côté de la liberté.

Au nom de la liberté, je suis allée acheter ce que le docteur Fersen m'avait prescrit. Rien ne m'y obli-geait, mais tout m'y incitait. Il me semblait que si je me défaussais, je signerais pour de bon ma dérobade et que je ne quitterais plus le fond de l'impasse.

Dans le magasin, personne n'a prêté attention à moi – pas plus ici qu'ailleurs. A-t-on idée de ce qu'on trouve dans ce genre d'endroits ? Le sexe offre une source d'inspiration sans limites, où les dispositions les plus hardies se font jour. Le rayon lingerie était bien fourni et je n'ai pas eu de mal à trouver l'article. J'ai payé sans l'avoir essayé – un petit arrangement avec les indications qui ne m'a pas paru dommageable. Montre en main, quatre minutes avaient suffi pour entériner l'emprise du docteur Fersen.

Sur le chemin du retour, une vague d'exaltation m'a traversée, entre excitation et toute-puissance. Je faisais ce que je faisais. Je n'avais pas à justifier de mes agissements, sinon auprès du docteur Fersen – mais il ne comptait pas. Seule valait cette liberté dont je fai-sais de nouveau l'expérience et pour laquelle je redé-couvrais un insatiable appétit.

À la maison, Thibaut et les enfants étaient assis autour d'une grande carte dépliée. Ils ont à peine relevé la tête et je suis allée directement dans ma chambre. J'ai essayé le soutien-gorge. Dans le miroir, j'ai observé la femme face à moi. Son corps montrait d'indéniables signes de l'âge – le ventre un peu cabossé, des plis ici ou là, des jointures plus très nettes –, mais d'autres indices laissaient apparaître une jeunesse inaltérable, et notamment les seins, en coupe dans les triangles de tulle noir.

Entre sécurité et liberté, doit-on choisir ? Le visage de Salva s'est reflété à côté du mien. *Ta mère a dormi toute sa vie avec un soutien-gorge. Tu veux finir comme elle ?*

Comme d'habitude, Salva faisait mouche. Comment savait-il, pour ma mère ? Je n'en avais jamais parlé à personne, pas même à Pierre. Certains hommes décuplent la potentialité du monde en inventant des espaces où le désir est roi. Leurs multiples personnages y prennent vie, héros d'aventures éprouvantes qui caracolent et s'offrent tous les excès, méritent toutes les récompenses. Ils mettent en sommeil le réel, le temps de leur épopée. À l'opposé de la plupart d'entre nous, bons petits soldats en quête de sécurité.

J'ai rangé l'accessoire au fond d'un tiroir et suis allée rejoindre mes enfants. J'ai glissé mon bras sous celui de Thibaut, il m'a embrassée et il a pointé un minuscule point rouge sur le papier. Regarde, c'est là. Je me suis penchée sur la carte.

Nous avons dîné. J'avais recyclé les steaks hachés dont les enfants s'étaient lassés en hachis Parmentier et nous avons plaisanté au sujet de la nourriture à Madagascar. Depuis quelques jours, Jeanne et Guillaume n'avaient plus qu'un mot à la bouche, comme une renaissance : Madagascar. Ils avaient renoué avec une joie simple, objectivée. Traversée par les revenances et les espoirs, j'ai écouté les projets se raconter, ceux dont je ne ferais pas partie et les autres, incompréhensibles, chuchotés dans le silence de mon *palazzo mentale*.

Le lundi suivant, j'ai ajusté le soutien-gorge. J'ai enfilé un pull noir par-dessus. La peau frottait contre la maille. Le tulle grenu un peu serré ne se laissait pas oublier.

Il faisait gris, un peu de pluie était tombée. Je suis entrée dans le métro comme on monte sur une barque, d'un pied d'ondine. J'ai détaché la corde. Le courant a eu vite fait de m'éloigner du rivage et m'a procuré un léger haut-le-cœur.

Le docteur Fersen se tenait derrière son bureau. Il a levé les yeux vers moi et a cherché dans mon regard l'information qu'il lui fallait. Satisfait, il a souri. Bonjour, Ariane, a-t-il dit, prenez place, nous avons du courrier en retard aujourd'hui.

Sur la table, j'ai trouvé la longue liste des clientes à qui envoyer les nouveaux tarifs. J'ai recopié les adresses à la main, comme l'avait spécifié le docteur Fersen, un travail parfaitement inutile, mais non déplaisant – tracer les lettres exigeait une attention de surface, une habileté faisant diversion à mes pensées chaotiques. Les patronymes romanesques des clientes m'ont un temps distraite, puis je me suis demandé si ces femmes existaient vraiment et si le reste, la pièce sous les combles comme un colombier, l'escalier en colimaçon et les exigences érotiques du docteur Fersen n'étaient finalement pas le fruit de mon imagination.

Salva n'est pas le père des enfants. L'évidence me saute aux yeux un matin au petit-déjeuner, alors que Pierre et moi sommes les premiers levés. Bien que Tallulah et Jonas semblent fous de leur « père », ils l'appellent toujours par son prénom, tandis que Viola est « maman ». Je fais part de mon observation à Pierre. Il me regarde d'un air que je ne lui connais pas. Qu'est-ce que ça peut te faire ? Rien, je bafouille, rien du tout, je l'ai noté, c'est tout, simple constat. Pierre secoue la tête.

Ariane, tu es courte d'esprit. C'est affligeant.

Je baisse les yeux. Quelques secondes passent où je tente de m'absorber dans l'instant et de comprendre ce qui vient de se passer. Ocre. Les tommettes de la terrasse ont une couleur de terre. À droite, s'alignent le long du mur les plantes grasses que Viola prélève dans le maquis et qui poussent avec une vigueur tropicale. À gauche, à l'ombre du mûrier, la margelle de la piscine, un minuscule bassin dont on fait le tour en quelques brasses, mais profond de dix mètres ; relié à la mer par une tuyauterie grossière, il est rempli de son eau. Parfois, la pompe aspire un poisson ou une méduse. Je ne m'y suis jamais plongée, de peur d'être

123

par inadvertance avalée à mon tour, et rejetée dans la mer.

Ariane, tu es courte d'esprit. Pierre a statué. *C'est affligeant.* Comme jamais, il a rendu son jugement et il est en ma défaveur. Est-ce grave ? Mes yeux s'attardent sous la table du petit-déjeuner. Mes pieds bronzés dégagent la même vigueur que les plantes du maquis, et sur mes jambes, mon ventre et tout autour de mon corps, il y a ma peau que je sens comme un cuir bien graissé, nourri au chant du soleil et aux fragrances sèches des immortelles.

Je relève les yeux. Pierre boit son café, le regard dans le vague, et je sens que je ne lui en veux pas. Ma chair a pris une importance inédite qui interfère avec ma raison. Non, ça n'est pas grave. Je comprends son mépris. Mieux, je le prends. Pire, je m'en fiche. Son mépris fait écho au mien. Il le renforce. Car je pense comme lui. Je pourrais poser le même constat, prononcer les mêmes paroles. Depuis que nous sommes ici, tout de lui me semble insuffisant. *Trop court*, comme il dit. *Affligeant.* En dessous, limité, décevant. J'observe ce retournement des équilibres qui signe la fin de la bienveillance, un continent fait naufrage sous mes yeux, froides constatations qui s'effacent à la seconde où Viola fait son apparition sur la terrasse.

Bonjour Ariane, as-tu bien dormi ?

Un rire roule dans ma gorge tandis que Viola dépose un baiser sur ma joue. Ce matin, ta peau est douce comme un fruit. Je suis très tactile, précise-t-elle au cas où cela m'aurait échappé, j'espère que ça ne te dérange pas. Je n'ai jamais compris ces convenances qui nous empêchent de nous toucher.

J'ai mal dormi cette nuit et je le dis à Viola, dans l'attente insensée – j'en prends conscience sur l'instant – de me faire consoler. Non, non, je n'ai pas trop chaud, oui, la chambre reste fraîche et le lit est confortable, mais j'ai l'impression qu'on rôde, plusieurs fois dans la nuit, quelque chose me réveille, je crains que les enfants soient levés, je guette, mais rien, enfin, rien de notable, juste des courants d'air, des bruits auxquels je ne me suis pas habituée, le chuchotis des vagues, ou des arbres.

Ce sont les chats sauvages, me dit Viola. Ils rôdent à la nuit tombée. Moi, depuis qu'on est ici, je dors comme une masse, commente Pierre, mieux que jamais. Viola pose une main sur la joue de Pierre, tant mieux, murmure-t-elle, tant mieux.

Je détourne les yeux. Quelque chose m'embarrasse dans le geste de Viola, un agacement qui ressemble à de la jalousie – un sentiment peu familier, que j'apparente à un enfantillage et que je repousse aussitôt.

Posée sur la terrasse à côté des terres cuites de Viola, je découvre la statuette que nous avons achetée pour les Sainte-Rose, les huit animaux en cohorte verticale couronnée du poussin. Je l'avais complètement oubliée. Quand Pierre l'a-t-il offerte ? Et qu'en ont-ils pensé ? Ont-ils aimé ? Je me tourne vers Pierre. Il discute avec Viola. Il a dû la leur offrir, sans moi.

Viola allume une cigarette. Je me dépêche de fumer, dit-elle, les garçons sont partis pêcher, ils ne vont pas tarder et Salva déteste l'odeur du tabac le matin. Sa cigarette est à peine terminée que les enfants remontent de la mer, très excités, suivis de Salva. Il tient à la main une poterie qu'il arbore avec fierté, suscitant un cri de joie de Viola. Il se penche sur elle et l'embrasse, écrasant ses lèvres sur les siennes, peu soucieux des relents de tabac, longtemps, insistant. Je surprends dans le regard de Pierre un air extatique, posé, et c'est le plus bouleversant, non pas sur Viola, mais sur Salva.

Le bonheur de Salva tient dans ce vase de terre – un poulpe à l'intérieur, et un gros, à en croire le poids, s'écrie-t-il. Pierre l'interroge et Salva explique la technique de la pêche au pot. Viola pose une main sur l'épaule de Pierre et ajoute des détails, elle s'y connaît aussi. Les enfants tournent autour d'eux comme des mouches.

Je n'écoute pas. Une tempête vient de se lever audedans qui couvre leur voix. Un océan d'émotions déferle, une déflagration de vents furieux auxquels je ne comprends rien. La rage d'une enfant capricieuse qui tape du pied, furibonde.

Et moi ?

Salva enfile un long gant en caoutchouc et enfonce sa main dans le pot. Non sans difficulté – ces bêtes sont pires que les anguilles – il en extrait le poulpe, énorme mollusque aux ventouses violacées. L'animal tente de s'échapper, glisse sur le caoutchouc, entoure le bras de Salva de ses membres visqueux.

Viola a caressé la joue de Pierre et pas la mienne.

Viola s'approche et tend son bras. Salva éclate de rire, un rire fou comme il en a parfois, et il fait passer le poulpe sur Viola qui en saisit la tête tandis que les tentacules s'agrippent à son avant-bras. Elle adore ça,

126

ironise Salva, la succion du poulpe, comme s'il allait l'absorber tout entière, n'est-ce pas, Viola ?

Viola s'approche de Pierre, tu veux toucher ?

Il n'y en a que pour Pierre.

Une voix méchante ricane à l'intérieur et dit des horreurs. Pierre est un trouillard. Il a peur des méduses, des poissons, de l'eau dès qu'il n'a plus pied – un comble pour un Breton. Il est allergique aux araignées, aux poils de chat, il a la phobie des souris. Alors, Pierre ? Que trouves-tu à dire à Viola qui te met au défi, les doigts blanchis sur la pauvre bête qui ne cesse de s'entortiller ? Comme toi, le poulpe est affolé, il cherche la faille, mais l'étreinte ne lui laisse aucune chance.

Pierre est livide. Viola fait un pas vers lui, il a un brusque mouvement de recul et renverse sa chaise. J'éclate de rire, non loin de la folie de Salva, un rire cruel, railleur, qui fait fi en une seconde des longues années de douceur.

La jalousie diffuse son venin dans mon sang. *Bien fait pour toi.*

Laisse, ordonne Salva, ça suffit, ça n'est pas un jeu. Viola s'approche de la piscine. Le bras haut tendu et le visage tourné vers nous, théâtrale, elle relâche le poulpe qui tombe dans l'eau en gesticulant et se propulse vers le fond dans un nuage noir. Puis elle vient se lover contre Salva, leurs deux corps se nouent comme les tentacules autour du poignet, entrelacés au point de ne faire qu'un.

Pierre se tourne vers moi. Le regard que nous échangeons est noir comme l'encre. Il m'a blessée. Je me suis moquée. Ce n'est pas dans nos habitudes.

C'est humiliant. Il est furieux contre lui, contre moi. Ce que je lis dans son regard me terrasse. Sans doute découvre-t-il le même abîme dans le mien.

Il me hait.

Au petit-déjeuner du plus beau matin, Pierre et moi basculons dans l'énergie sombre. Ce que nous avons construit patiemment, consciencieusement, nos jours joyeux, nos nuits attentives, nos projets à l'unisson, vingt ans de fierté et de respect, nous le délaissons en quelques minutes. Nous abandonnons la quiétude pour plonger dans les brouillards d'hiver où tout est laid, haineux, sans merci. Les mots se mettent à cingler, peu avant les mains, les premiers coups font mal, mais très vite on s'habitue, surtout si l'on est soi-même habité par la même rage de vaincre et que l'on cogne avec la même hargne. Car chaque manche a son importance dans la guerre qui vient de débuter. Nous concourons pour un podium où il n'y aura qu'un seul vainqueur. Être le mieux noté, le mieux vu, le plus admiré, cajolé, caressé. La course à l'amour est déclarée. Membres du jury ? Viola et Salva. Que le meilleur gagne ! Je prends de l'avance quand Salva applaudit à mon plongeon, Ariane, tes jambes étaient si tendues, et ton arc si léger ! Pierre reprend l'offensive en proposant à Viola de réparer un muret dans le jardin. Je marque des points décisifs en accompagnant Salva chaque matin faire son tour de nage, on passe le cap, explique-t-il en pointant le doigt vers le large, on longe la côte jusqu'à la baie, on traverse, et hop, demi-tour. Un tour de presque deux heures quand la mer est calme, à cette saison, elle ne l'est pas souvent, et chaque matin, je me demande si je vais réussir à revenir, mais c'est toujours ça que Pierre ne fera pas.

Les coups volent, mais peu importe. Je plane au-dessus des mesquineries, des difficultés, des surpassements. Je fais une découverte surprenante qui va changer mes priorités pour toujours. Dans les applaudissements de Salva, dans les caresses de Viola, je suis désirable. Il me suffit de prendre la vague et tout glisse, tout file, tout vient à moi, naturellement, comme si la vie avait attendu cet âge-là pour me rendre grâces. Je me pare de fanfreluches, je noue mes cheveux, je me rengorge de fierté quand Viola dit que je suis belle *comme une Mexicaine* – bien que la référence m'échappe totalement. Je découvre que le désir n'est pas qu'affaire de sexe. Le désir est un courant qui électrise ceux qui s'en approchent, une bouche dévorante qui fait feu de tout bois, voilages blancs soulevés par les vents chauds, ombres incertaines dans le jardin, chuchotantes mélodies au loin happées par les profondeurs de la mer. Le désir est une force expansive qu'une fois déclenchée, rien n'arrête. Il ravit tout sur son passage et prospère au moindre frôlement, un éclat furtif dans un œil, un grain de sable sur la peau – tout devient signe, symptôme, facteur aggravant. Soumis à sa puissance, les contours du monde se dilatent, se tordent et dévoilent des visages inexplorés, voluptueux comme la nuit.

Le désir vit sa propre vie. Cet été-là, il me choisit. C'est mon heure de gloire. Pour que cela ne cesse jamais, je fais tout ce qui est possible. Je fais n'importe quoi.

Le désir est un fruit qui ne se partage pas.

Juillet est arrivé. Guillaume a eu son bac, et Jeanne brillamment réussi ses examens. Nous avons célébré leur succès dans un restaurant en haut d'une tour qui offrait une vue magnifique sur Paris. La gaieté s'est invitée à notre table, presque malgré nous.

Puis l'heure du départ a sonné.

On s'était promis de ne pas pleurer. Les enfants répétaient en boucle les consignes sagement apprises et vérifiaient leurs bagages devant moi. Les pastilles de chlore pour l'eau. Attendre quinze minutes avant de boire. Ne pas se laver les dents au robinet. Vérifier les chaussures avant de les enfiler – scorpions, serpents, tarentules peuvent y faire leur nid pendant la nuit.

Et toi, maman, tu vas faire quoi cet été ? J'ai regardé Guillaume, aussi étonnée que lui par la question. Personne, pas même moi, ne s'en était soucié. Les enfants partaient pour six semaines, Thibaut pour six mois. Qu'allais-je devenir ? Dans les yeux de Guillaume, tous les clignotants se sont allumés – la prévenance, le remords, le désir de fuir, et au-delà, la supplique du fils à sa mère, rassure-moi, maman, dis-moi que tout va bien se passer.

Je me suis approchée de Guillaume et je l'ai enlacé. Il avait besoin de moi, il me demandait de jouer mon meilleur rôle. Ne t'inquiète pas, ai-je chuchoté, je vais passer un bel été, moi aussi.

Guillaume a souri. Jeanne a souri. Thibaut a souri. Et j'ai embrassé Thibaut.

Il est des baisers pleins.

Il est des baisers pleins de lèvres et de frissons, agrippés si fermes qu'on en oublierait de respirer, des baisers qui chantent leur consolation, soupirs, murmures, des baisers-histoire qui vont de rebondissement en révélation, des coquillages qui s'ouvrent, se ferment, s'ouvrent de nouveau sur la chair rose, des baisers qui sont une révolution et se révèlent baroques, alambiqués, inextricables.

Il est des baisers inscrits dans l'éternité dont on sait qu'on n'aura de cesse de les goûter encore et encore, inlassablement sur toutes les bouches, dans toutes les bouches, on explorera, une quête avide, obsédée par l'idée de faire tourner encore le baiser qui nous a un jour dépossédée.

Il en est d'autres qui sont comme un jour sans lumière. Des baisers bordés de derme sec, là sans être là, qui ne retiennent rien et surtout pas l'âme vagabonde. Des baisers maigres qui ouvrent sur un trou dans lequel on verse, sans émoi, un abîme désolé. Des baisers qu'on récite par cœur sans rien se raconter, qui durent longtemps, trop longtemps, assommants. Des baisers de lépreux. Dégoûtants.

J'ai embrassé Salva suspendue à la falaise, le visage fouetté par le meltem. Mes lèvres se sont ouvertes et j'ai tout abandonné, dépliée, aspirée. Mon corps s'est embrasé des couleurs du soleil et de la mer, j'ai senti ma peau comme un buvard s'imprégner des exhalaisons du maquis, thym, résineux, pierres brûlantes jusqu'après minuit, et mon âme a filé entre les lèvres de Salva, arrachée à ma poitrine trop étroite, elle s'est engouffrée dans celle du sorcier. J'ai embrassé Salva et j'ai disparu.

Après le baiser de Salva, je n'ai plus été capable d'embrasser Pierre sans penser à autre chose qu'à une terre morte, jonchée d'arbres secs, méconnaissable. Après Salva, les baisers de Pierre sont devenus des petits cailloux lancés au fond de ma gorge qu'il me fallait avaler, à la limite de la nausée. Quand l'épreuve n'a plus été supportable, j'ai cessé d'embrasser Pierre, et nous nous sommes séparés.

Puis j'ai rencontré Thibaut et je l'ai embrassé comme on va en pèlerinage, à genoux, repentante, désespérée par l'absence. J'ai supplié dans chaque baiser, j'ai imploré la mer, le soleil, les parfums sauvages, chantez encore dans ma bouche, suspendez-moi au-dessus de la falaise, explosez-moi, videz-moi – de grâce, agissez-moi. J'ai attendu, j'ai goûté, tant espéré. Mais les baisers de Thibaut ont gardé la saveur du vide, insondables déserts stériles, décourageants. Les baisers de Thibaut soufflaient dans ma bouche un vent glacé qui me ballottait comme si je n'avais pas plus de consistance qu'un flocon de neige.

Le jour où Thibaut est parti pour Madagascar, je l'ai longuement embrassé. Dans une supplique silencieuse, j'ai invoqué mes meilleurs souvenirs de lui, sa main aimable posée sur les tables des restaurants, son sourire patient, son regard sur mes enfants. Je me suis concentrée sur ce baiser au point de me rassembler tout entière dans mes lèvres appuyées contre les siennes, et j'ai guetté, encore une fois, ne serait-ce qu'un tout petit rayon d'été.

Pas un vent ne s'est levé. Ni meltem, chergui, simoun, venus des déserts brûlants, ni bise, barber, pampero rasant les steppes glaciales. Nous sommes restés longtemps enlacés, puis mes enfants se sont mêlés à l'embrassade et une forme hybride s'est reconstituée. Un léger influx m'a parcourue, ténu, alternatif, mais d'une réalité qui m'a semblé de bon augure.

Oui, peut-être allais-je profiter de ce bol d'air, moi aussi. Réfléchir à je ne sais quoi, à moi peut-être, ou à nous.

Longtemps après leur départ, mes lèvres se sont enfin décrispées du sourire que je tenais depuis des années. Un profond soulagement m'a envahie et je me suis couchée. J'ai dormi sans trêve jusqu'au message m'annonçant leur arrivée à Madagascar.

C'est l'heure entre chien et loup, quand le soleil levé de l'autre côté de l'île n'a pas encore fait surface et l'empreinte de la nuit pas tout à fait disparu. C'est le point indécis des jours qui commencent tôt, à la fraîche, un temps à la volée que les autres ne vivent pas. Un privilège, me dit Salva. L'île nous appartient.

Je marche à côté de Salva sur le chemin qui mène au port. Pour la première fois, je suis seule avec lui *sur terre*. Nous avons laissé les autres loin derrière nous, dans ces lieux d'exil où la matière ordinaire et la logique font loi. Je suis une reine accompagnée de son roi et nous parcourons notre royaume d'éther. Mon seigneur tient dans sa main un chapelet de perles qui s'entrechoquent au rythme de nos cœurs. Les arbres s'inclinent à notre passage. Ils célèbrent mon couronnement.

Je dois marquer un arrêt dans mon récit. Être lucide. Regarder les faits en face. Sur le chemin qui mène à ma perte, je n'avance pas en femme, mais en enfant. Malgré mon âge et bien que je n'en sois pas à mes débuts, je trottine à côté du gentil monsieur comme une fillette à qui on a promis un tour

135

de manège ou un paquet de bonbons. En matière d'amour et de sexe, je suis une midinette. Je vis encore au pays des rêves et des fêtes foraines, dans ces contrées où les blondes sont belles et bien-veillantes et les brunes vilaines à tous égards. Un simple effet de mousseline, deux plongeons et trois hourras et je me suis liquéfiée. Je me crois irrésis-tible. Je pouffe, roucoule, bats des cils comme si j'allais m'envoler. L'agitation rosit mes joues. La moiteur envahit mes paumes. Inutile de prétexter la chaleur de l'été ou l'allure de notre marche. Je sais ce qui fait bouillir mon sang. Butée, je veux faire un tour de montagnes russes. Je suis affolée par le frisson annoncé, béate je n'attends que d'être prise, supposant que les acrobaties soulageront la ten-sion. Je suis à la merci de mon corps inassouvi. La chair a pris les commandes et la bonne épouse s'est effritée comme du sable. Les miroirs sont brisés en mille éclats. *Carcel de amor*, je me cogne contre tes murs aveugles.

Nous nous rendons à la capitainerie, essayer le piano, évaluer la salle, organiser. Depuis cette his-toire de concert, je dors mal. Des images insensées agitent mon esprit, cristallisées autour de la robe que Viola me prêtera – les options se succèdent, farfelue traîne hollywoodienne, décolleté jusqu'aux reins, dentelle à peine couvrante. Salva accoudé au piano ne me quitte pas des yeux, je distingue son reflet dans la laque noire. Les questions rationnelles – quoi jouer, comment se procurer une partition, le piano est-il accordé – sont mises de côté.

Chemin faisant, je gobe les envolées de Salva comme des mouches. Il dit qu'il ne se mariera jamais. Le mariage, c'est un zoo où l'on s'accouple en captivité. Tu sais ce qu'en dit Stendhal ? Il appelle ça de la prostitution légale. Vous êtes mariés, Pierre et toi ?

Je pense à ma robe pliée avec soin dans du papier de soie, avec la lingerie achetée pour l'occasion. Je pense aux faire-part que nous avons fait refaire parce que la couleur ne me plaisait pas. Je pense que nous avons préparé la cérémonie pendant six mois, des heures de discussion tous les soirs en rentrant du travail. Le jour où Pierre a fait sa demande, il m'a offert une bague en diamant et il avait mis des gants blancs – certes, pour plaisanter.

Je pense le contraire de ce que j'exprime, sur le chemin qui me conduit à la fête foraine du sexe. L'arbitre vient de prononcer le K.-O. technique. Je gis sur le ring. Je ne me relèverai pas.

Je ne me souviens pas de ce que nous avons fait au port. Les détails que nous avons réglés, le temps que nous y avons passé. Ces informations sont perdues pour toujours. Cela ne change rien à ce qui va suivre. Nous sommes ainsi faits. Sur l'instant, nous sommes imprégnés du sentiment aigu de notre importance, nous nous évertuons à bien faire, nous dépensons une énergie considérable. Nous pensons que notre impact est décisif, que sans nous, rien ne serait pareil. Puis le temps passe sa langue râpeuse sur nos gestes et efface notre passage. Rien n'est consigné de ce que nous avons dit, ou fait. Nous le savons. Mais nous nous entêtons, encore et encore.

Sur le chemin du retour, Salva dit qu'il a trop chaud et qu'il veut se baigner. Il connaît une crique, une pierre d'où on peut plonger. Je le suis dans les rochers.

La pierre forme un promontoire étroit au-dessus de la mer. On y tient à peine à deux, on ne peut faire autrement que de s'effleurer quand on se déshabille. Salva retire ses vêtements et plonge. Je détourne le regard. Le sentier que nous venons d'emprunter descend à pic dans la broussaille. D'ici, on n'aperçoit pas le chemin vers la maison, si je voulais partir, je ne saurai pas par où remonter. Le maquis déploie son enchevêtrement d'aiguillons, de dents de scie et de pointes acérées. Les cigales assourdissantes montent la garde. Il fait si chaud et j'ai si soif. Ariane ! Salva lève les bras, agite les flots. Des myriades de billes argentées s'envolent. Son rire tonitruant colonise l'espace, le temps et ma volonté. Je retire mes sandales, mon short, puis tout le reste, dans l'urgence de me fondre dans l'écume. Je saute. Je nage aussi vite que possible, plus rien ne compte si ce n'est ma course folle, au désespoir de ces quelques brasses qui me séparent encore de Salva.

Notre premier baiser ressemble à une empoignade. Ma bouche s'éparpille en ruades, avale l'eau, l'air, le rire incessant de Salva. Elle force l'emboîtement, pourchasse son double insaisissable, maladroites mes lèvres glissent, patient puis des mains enserrent mon visage (les mains magiques, pensé-je, les mains d'or dont Viola a parlé) et enfin je suis absorbée. Des ventouses agrippent ma gorge, la vision du poulpe contorsionnant ses tentacules pénètre mon esprit et j'abandonne tout.

Une fois les enfants partis, j'ai eu l'impression de me déplacer sur un sol mouvant, comme si quelqu'un avait retiré d'un coup sec le tapis, mettant à nu une matière molle sous-jacente à l'écorce terrestre.

Ces vingt dernières années, j'avais partagé à temps plein mon quotidien avec eux. Je ne m'absentais jamais. Je ne voyageais pas. Depuis le divorce, ils allaient chez leur père quatre semaines par an, une semaine à Noël et à Pâques, deux l'été. Je ne savais pas ce qu'ils y faisaient, je ne demandais pas de nouvelles et ils ne m'en donnaient pas. Ces quatre semaines d'absence étaient une rupture temporelle dont j'étais prévenue et que j'encaissais, les poings dans les poches, avec abnégation. L'échéance revenant chaque année, j'avais fini par m'habituer. Les rares autres occasions qui les éloignaient de moi – une classe verte ici, une invitation de courte durée là – n'étaient pas agréables, mais nous étions deux à attendre le retour du troisième et l'épreuve semblait plus facile.

En me réveillant le lendemain de leur départ pour Madagascar, je me suis sentie aussi meurtrie que si l'on m'avait éviscérée, posant de façon accrue la question de ma survie. Un sentiment de panique m'a envahie. Je me suis roulée en boule, dans l'espoir de me réchauffer à mon propre contact. J'aurais voulu pleurer, mais mes yeux étaient secs. Je me suis contentée de rester là, inerte, dans un ciel vide.

Le lundi suivant, j'ai hésité en me préparant pour aller travailler. Un peu de moi s'était envolé là-bas, à Madagascar, et cette désunion intime m'éloignait des directives du docteur Fersen. Je suis restée avec le soutien-gorge à la main, sans pouvoir me souvenir de ce qui m'avait bouleversée, quelques semaines auparavant.

J'ai décidé de ne pas le porter. Les lundis précédents, affublée de l'accessoire, j'avais travaillé, dos au docteur Fersen et sous le regard des masques vaudous, attendant, le cœur battant, je ne sais quel retournement. J'avais obéi. En toute logique, quelque chose allait survenir, un enchaînement de faits en lien avec ma bonne conduite. J'espérais, autant que je la redoutais, une récompense, de quelque nature que ce soit.

Rien ne s'était passé. À la fin de la journée, j'avais rangé mes affaires, salué le docteur et dit, à la semaine prochaine. Il avait à peine levé les yeux. Son indifférence m'avait terrassée. Pris par un caprice soudain, avait-il changé d'avis ? Avait-il oublié la mission qu'il m'avait confiée ? Se pouvait-il que je ne l'intéresse plus ? Ou bien avais-je tout inventé, écrit moi-même le message déposé sur mon bureau, et acheté, sous l'emprise d'un délire érotomane, l'accessoire dépravé ?

J'ai rangé le soutien-gorge dans le tiroir.

Arrivée au cabinet, je me suis dirigée vers l'escalier et mes jambes ont vacillé. J'ai grimpé les marches, furieuse, luttant en vain contre l'accès d'émotivité. Le docteur Fersen était assis derrière son grand bureau recouvert de cuir, et, chose rare, il portait sa blouse blanche. Il a retiré ses lunettes, s'est enfoncé dans son fauteuil à oreilles et il m'a souri en me suivant des yeux jusqu'à ce que je lui tourne le dos pour m'asseoir. Son excès d'attention et la blouse blanche ont accru ma nervosité. Sur la petite table, des dossiers m'attendaient, une pile au cordeau de pochettes bleues, annonciatrice d'une succession de tâches idiotes établies pour la journée. J'ai posé mes mains aux ongles soignés, ornées de quelques bijoux discrets et ceintes dans les poignets rigides de ma chemise. Un costume sans fantaisie. L'uniforme d'un soldat arpentant les territoires balisés du quotidien, visant la perfection.

Ma vue s'est troublée et j'ai soudain compris une vérité détestable. J'étais devenue ma mère. J'occupais le même rôle que celui qu'elle tenait auprès de mon père – la secrétaire, le témoin muet, le garde-chiourme. Auprès du docteur Fersen, des autres médecins du cabinet et au-delà, des fantômes qui accaparaient ma mémoire, je me contentais d'être comptable. Un personnage de l'ombre, sans dessein, défunt malgré les apparences. Une femme que l'on délaisse sans préavis, sans davantage s'en inquiéter.

Quand j'avais eu dix ans, une patiente avait commencé à consulter mon père, une femme à l'élégance surannée que ma mère appelait la Comtesse parce qu'elle portait un nom russe. Les visites s'étaient multipliées jusqu'à atteindre une fréquence hebdomadaire. Comme tous les patients de mon père, ma mère accueillait la Comtesse avec son sourire parfait, elle l'escortait jusque dans notre salon transformé en salle d'attente, lui proposait un verre d'eau que la Comtesse acceptait sans jamais y toucher, avant de pénétrer dans le cabinet où mon père se livrait à je ne sais quelles intrigues soumises au secret médical. Bravache, ma mère se moquait parfois. *Toujours patraque, la tsarine de ton père !* Et elle mimait la démarche de la Comtesse, exagérant le déhanchement et se drapant dans une étole imaginaire. Je riais à ses pitreries. À si bien rire, ma mère et moi n'avions rien vu venir et mon père avait fini par s'envoler avec sa patiente russe.

J'ai eu une quinte de toux. Est-ce cela qui l'a alerté ? Ma rêverie était-elle devenue si profonde qu'elle en était perceptible ? Avais-je eu un comportement inhabituel, poussé un soupir incontrôlé ? Ou bien était-ce simplement *son plan* ? Quelques minutes se sont écoulées, un quart d'heure tout au plus, et la voix autoritaire du docteur Fersen s'est élevée.

Ariane. Ariane, tourne-toi.

Je me suis tournée. Les prunelles du docteur Fersen brûlaient d'un feu sombre et son visage avait pris une couleur de cendre. Montre-moi, a-t-il ordonné. Je me suis mise à trembler. Montrer quoi, ai-je bafouillé ? Le feu a redoublé d'intensité.

Tu sais. Montre.

Encore assise, j'ai défait les boutons de ma chemise dont j'ai écarté les pans. Je portais une lingerie de couleur chair. Le genre de lingerie passe-partout que ma mère portait pour dormir.

Il a jeté un œil et il a dit, rhabillez-vous et partez. Ne revenez que si vous êtes comme il faut.

Je suis redescendue. J'ai expliqué à mes collègues que je devais m'absenter et je suis rentrée à la maison. Je me suis changée et j'ai refait le trajet dans l'autre sens. Le docteur Fersen n'avait pas bougé de son fauteuil. Je me suis dirigée vers son bureau, et debout au centre de la pièce, j'ai refait les mêmes gestes et ouvert ma chemise.

Il a regardé ma gorge et mes seins nus enchâssés dans les rubans de tulle. Suspendue à la falaise, battue par les vents, je suis restée face à la mer, longtemps, le temps que la tourmente m'emporte et que les images misérables se dissipent. Le temps que la gratte-papier disparaisse, que la doublure parte en fumée et que renaisse la femme aux ailes immenses, celle qui plane au-dessus des embruns et des collines du Péloponnèse. J'ai attendu que le regard soit plein de moi, et moi pleine de lui, et que du désir jaillissent mille départs de feux.

Puis j'ai reboutonné ma chemise. Le soleil a dardé un rayon et je me suis assise dans la lumière. J'ai attrapé un dossier. Le docteur Fersen n'avait pas prononcé un mot, ni eu le moindre geste. À part le grattement de mon stylo sur le papier, la pièce était de nouveau silencieuse. Dans mon dos, je n'entendais rien. Pas un grincement de chaise. Pas un froissement d'étoffe. Comme si le docteur Fersen s'était changé en marbre. Comme si j'avais mis en suspens les secondes et ouvert les portes d'un ailleurs sans temps.

Comme si j'avais gagné.

Au-dedans, un vacarme assourdissant s'est levé. De nouveau, la puissance coulait dans mes veines. Trompettes, cymbales et grosse caisse proclamaient ma victoire. Je n'étais plus l'automate invisible. Je ne serai pas de celles qui vivent leurs dernières défaites sur un chemin de campagne, la tête contre le volant d'une voiture. Après le départ de mon père, trouver un homme avait été la grande affaire de ma mère. Beaucoup s'étaient succédé, auprès de qui j'avais été trimballée comme un caniche mignon qu'on envoie au panier dès qu'on n'a plus besoin d'épater la galerie. Ces hommes étaient gentils, ils faisaient ami-ami et m'offraient de menus cadeaux dont ma mère se débarrassait quand elle se retrouvait de nouveau seule. Car ils finissaient par fuir, les uns après les autres, effrayés par tant de fragilité, tandis que je n'avais pas de choix sinon celui de rester, prisonnière d'une tasse à thé un peu plus ébréchée à chaque abandon.

Vers dix-huit heures trente, j'ai ramassé mes affaires, mis ma veste et je me suis approchée du bureau du docteur Fersen jusqu'à m'y coller. Il a relevé la tête, surpris par mon audace, et j'ai dit, ça n'est pas assez. Dans ses yeux, quelque chose a frémi. J'ai répété.

Ça n'est pas assez. Il m'en faut plus.

Puis je suis descendue et j'ai quitté le cabinet.

Sur le chemin du retour, je me suis sentie aussi seule qu'on peut l'être.

Viola met de la musique. Oh oui, on danse, s'exclament Tallulah et Jonas. Ils entourent leur mère, forment une ronde. Venez ! Jeanne et Guillaume les rejoignent, hésitants, maladroits, ravis. Je reste à table entre Pierre et Salva. Un peu de moi est toujours en train de nager sous le soleil, une Ariane avec laquelle je fais tout juste connaissance, effrontée, époustouflante, qui ne cesse de penser au baiser de Salva et élabore mille subterfuges pour recommencer. Une autre Ariane se morfond, accablée, elle songe à écourter le séjour, quitte à laisser les siens derrière elle – elle sait qu'elle ne les convaincra pas de rentrer à Paris.

Peu après, je danse avec Viola et je ne pense plus à rien. Mes mains sont posées sur son dos. Sa peau est étonnamment fraîche, on dirait que Viola n'a jamais chaud. Je me penche pour saisir son parfum, mais l'odeur des figuiers couvre tout. Je dépose un baiser sur son épaule.

En contrebas, les enfants sont assis en tailleur sur la terrasse la plus basse et forment un cercle autour de quelques bougies. Deux filles et deux garçons qui se tiennent par la main. Quatre lutins. À quelle magie noire se prêtent-ils ? Les lueurs vacillantes éclairent leur silhouette inclinée, le feuillage des arbres comme une voûte caverneuse, puis au-delà c'est la mer, la nuit immense et le Péloponnèse qu'on ne devine qu'aux lumières rouges piquées çà et là comme des yeux malfaisants.

Viola danse avec Pierre à présent. Ils rient sans cesse, engagés sur une pente dangereuse qui ne se remonte pas. J'évalue la situation, froidement, je prends des notes mentales. Viola allume une cigarette et semble en profiter pour desserrer l'étreinte de Pierre. Lui ne la lâche pas. Il la veut. Je le devine à la tension dans son rire. À la sueur qui perle au-dessus de sa lèvre supérieure. Il est à cran. Il ne l'a pas – pas encore.

Moi, si. J'en ai ferré un. Un que je ne partagerai pas. C'est un atout que j'ai sur Pierre, il n'aura jamais Salva, tandis que je peux avoir les deux. Cette pensée me rend invincible, gagnante à coup sûr, et je suis moins ombrageuse quand Pierre fait son intéressant. Il a saisi une mèche des cheveux de Viola et s'en fait une moustache – l'idiot !

Salva chuchote à mon oreille. Je capte des sons, ils parviennent à mon cerveau, mais je me fiche du sens. L'argent est une fiction, dit Salva, comme Dieu, ou l'économie. Les mots me grisent autant que la pipe qu'il me tend. Je ne crois qu'à l'art et au sexe. J'aspire longuement l'herbe douce, très parfumée. Mes poumons inhabitués se rétractent. Le panache de fumée se perd dans l'obscurité, un nuage de suie et de poudre à canon.

Me voilà assise sur la margelle de la piscine, au bord du vertige. Une lumière verte, comme un cœur extraterrestre, palpite sous l'eau. Le poulpe se hasarde, désorienté par les lanternes fichées dans les parois. Ses tentacules ondoient en contrepoint de la musique, comme s'il voulait participer à la fête.

Au matin, la lumière éclabousse la mer, le jardin, les tuniques dont je me vêts à présent. Puis nous montons sur le bateau et nous voguons vers le *caillou*. Je plonge, Salva me suit, nous nous embrassons dans l'eau. Tout mon désir se concentre dans ces baisers que donnent mes lèvres, avides, facile à rassasier, pour l'instant. J'embrasse Viola aussi, bras, mains, épaules offertes dans des rires de gorge. J'embrasse même Tallulah, exaltée, sur ses joues osseuses, sans prendre garde au regard sombre de Jeanne.

Pierre roucoule en continu et se frotte, contre Viola et même contre Salva à qui il assène de grandes claques viriles dans le dos. Parfois, c'est un bras qu'il agrippe, une poigne camarade comme pour se mettre au défi.

Les enfants vont deux par deux, étrange appariement du même sexe, encouragés par leurs parents qui s'extasient, ah l'amitié !

Comme le poulpe, encore incertaine, je m'enhardis au-dehors de mon pot de terre, attirée par la lumière, irrévocablement – c'est inscrit dans mes gènes. Bientôt, je m'habituerai à mon nouvel environnement si bien que j'en oublierai avoir vécu ailleurs, autrement. Il sera plus crucial de durer que de craindre. Je ferai confiance. Je ne serai pas la seule. Le poulpe aussi prendra de l'assurance, comme Pierre, comme les enfants, nous ondoierons à la demande, apprivoisés, cherchant l'admiration, l'approbation.

Le poulpe terminera en mixed-grill.

*Il vous faudra vous munir d'une jupe très courte,
dans un jour, dans un mois, dans un an, quand vous
vous sentirez prête. Conservez précieusement l'accessoire déjà acquis. Exercez-vous avec lui selon des moda-
lités libres. Ne le portez plus pour venir ici. Quant à la
jupe, on en trouve partout pour quelques euros. Il ne
faut surtout rien qui soit de qualité.*

Je me suis assise à ma petite table et j'ai pris
le temps de lire la lettre manuscrite qui m'attendait le lundi suivant, posée sur la pile des dossiers
bleus.

L'usage du vouvoiement m'est apparu comme un
succès. On me respectait à présent. J'étais acceptée. Dans quel cercle ? La question était secondaire.
J'avais exigé, on s'était exécuté. J'avais remporté une
manche – peu importait la finalité.

J'ai glissé la lettre dans mon sac, comme une
habitude. Tandis que mon esprit vagabondait, j'ai
travaillé sans relâche, traitant dossier après dossier.
Dans un jour, dans un mois, dans un an. Les directives étaient précises, mais l'espace libre laissé à
mon désir – *quand vous vous sentirez prête* – ouvrait
un infini sur lequel je régnais en maîtresse. Un jour

viendrait. L'homme me suggérait la patience, le point nommé. La question du tempo était devenue mienne. Il se reposait sur moi. Son désir reposait sur le mien. On me passait la main, à moi de jouer. Car c'était bien un jeu – n'est-ce pas ? Rien n'était sérieux, rien n'avait d'importance. Ce qui surviendrait ensuite ? La question ne se posait pas. À chaque jour suffit sa joie. Une prouesse après l'autre. À quoi bon tirer des plans ? Personne ne sait où va la route. Nous méjugeons ce que nous faisons, pourquoi nous le faisons. Ce que nous croyons maîtriser ne représente qu'un epsilon des forces qui nous agissent. Nos âmes s'égarent en permanence, soumises à d'obscures influences, elles font de spectaculaires sorties de route et s'encastrent dans le décor. Nous perdons le nord, la boule, notre chemin.

À moins que de chemin, il n'y ait pas. Devant nous, l'immensité nébuleuse déploie ses brumes, la seule trace de nous est à l'arrière, pour quelques secondes. Battez des cils et le brouillard s'est replié, tout est oublié.

Dans le cabinet en haut du colimaçon, les vagues ont déferlé dans mon sang. Comme dans un kaléidoscope, les figures de mon désir se sont déployées, entrelacs de courants aux couleurs fauves piquées d'une lumière si vive que ma poitrine peinait à la contenir. La deuxième lettre du docteur Fersen ouvrait des voies vertigineuses, et je me suis laissée flotter. Je ne savais rien de moi. La vie ne m'avait rien appris – ou bien avais-je été la pire des élèves, butée,

154

affligeante ? Je roulais dans la houle, et j'aimais ça. Le jour où l'on jette l'ancre, où l'on sait tout de soi, n'est-ce pas la mort qui s'annonce ?

J'étais morte depuis plus de quarante ans. Il était plus que temps.

L'exaltation est un mode de vie. Certains ne vivent que sur son fil, prêts à s'embraser à la moindre étincelle. D'autres ne sont pas faits pour la surtension. Leurs câbles grillent. Le système implose. Ils survivent ensuite, comme des légumes.

Exaltée, j'ai donné un concert dans la cour de l'église où Salva avait fait installer le piano.

Comment le déménagement avait-il pu être possible ? Les ruelles entre la capitainerie et l'église sont à peine assez larges pour laisser passer deux ânes et les pavés accidentés rendent impossible le halage. Qu'importe. Ce que Salva voulait, Salva avait, et le soir dit, le piano trônait sur l'estrade recouverte de velours rouge, devant un parterre d'une centaine de spectateurs et sous le plafond d'étoiles.

Je me souviens m'être changée dans la sacristie. Jeanne m'a aidée à boutonner l'improbable fourreau prêté par Viola. Nous avons ri toutes les deux et elle est partie. J'ai attendu dans la petite pièce silencieuse. Il faisait frais. J'ai fermé les yeux et j'ai pensé, cet instant-là est à toi. Puis Salva est venu me chercher. Toutes les places ont été réservées, a-t-il dit, les retardataires s'arrangent, s'assoient par terre, ou restent debout. Il m'a regardée. Tu es belle, Ariane, et il a posé ses doigts d'or sur ma joue. Une palpation presque technique, comme on évaluerait la qualité d'une étoffe, ou d'un pelage.

Tu es belle. Salva mesure-t-il ce qu'il déclenche en prononçant ces mots ? A-t-il idée de la décharge qu'il envoie dans mon sang, la dose de hardiesse qu'il inocule ? Sait-il qu'il me sera impossible de m'en passer, ensuite ?

À son côté, je monte sur l'estrade et je suis de nouveau cette jeune femme à qui tout sourit, celle qui remporte concours sur concours et à qui on prédit une carrière de concertiste. J'ai oublié les revers, les déceptions, les renoncements. Je ne pense plus à mes mains qui refuseront de jouer comme si mes nerfs avaient été sectionnés, mes doigts devenus gourds du jour au lendemain, abstraction est faite des longues heures devant le clavier, de mes larmes d'incompréhension et de rage à conjurer le rien, le blanc, ma foi envolée avec ma mère dans sa nuit de rase campagne. La modeste professeur de piano n'existe plus, plus aucune réserve qui vaille, me voici étoile de satin et je rayonne devant le pope en tenue d'apparat, sa longue barbe blanche reposant sur le faste de ses broderies, me voilà *prima donna* qui salue le maire, élégant monsieur d'un autre siècle aux cheveux gominés – deux monarques sur leur ottomane de bois doré, à mes pieds recueillis. Salva prononce un discours que je n'écoute pas, pas plus que je ne vois Pierre et les enfants, Viola qui agite ses doigts pour m'encourager, et tous ces visages qui brillent comme des astres.

Dans mes veines coule le poison des Sainte-Rose. Cette drogue qu'on n'a pas besoin d'injecter ou d'inhaler et qui suscite la sensation prodigieuse que tout est possible – pire, que tout est permis. Que le talent va de soi et autorise toutes les audaces. Que je peux tout accomplir.

Mon jeu enchante le public enthousiaste et peu exigeant. Une artiste grecque clôt le récital, ses cheveux noirs sur ses épaules, elle chante en s'accompagnant à la guitare et ses complaintes déchirent le soir. Il y a de l'allégresse dans l'air, toutes les soucoupes et les tasses à thé se mettent à virevolter, les vieillards barbus dansent en se frottant le ventre, les flûtes à champagne s'enrubannent de perles, les cheveux des hommes embaument la Cologne, et de la terre montent des vapeurs chaudes – le parfum vertigineux du succès.

Lorsque les premières lueurs du jour pointent derrière les collines, nous sommes sur le port, à la terrasse d'un café qui n'a pas encore ouvert. Assourdis par les décibels d'une discothèque, nous nous serrons tous les quatre sur une banquette sans matelas que le cafetier laisse dehors pour la nuit. Les filles sur les genoux des garçons ! a crié Salva et il s'est laissé tomber sur la structure métallique en faisant ployer les ressorts. Nous avons tant bu, ri, dansé… À présent silencieux, nous nous absorbons dans la contemplation du matin embué, soudain graves, émus peut-être.

Salva a passé ses bras autour de ma taille. La banquette est étroite, la cuisse de Salva touche celle de

Pierre, qui tient Viola contre lui. Viola glisse sa main dans la mienne. Deux et deux qui font un, nous voilà fondus dans un seul et même flux frissonnant, oublieux de notre finitude, enfin libérés des contours. Le secret se révèle, écoute, il est possible de sortir de soi, ça chante à mes oreilles, abandonne-toi, la peur, quelle peur ? Il n'y a plus de cercles, plus de limites, aucune forme qui tienne, les plafonds crèvent et les trappes s'ouvrent, tu voles, ou tu sombres, c'est selon.

Ce jour d'or est le nôtre. Ce jour est le mien.

Jour après jour, je n'en finis pas de mourir et de renaître. Chaque matin, j'ouvre les yeux et je suis sur les genoux de Salva, baignée de l'or rose du premier jour. Son souffle court dans ma nuque, ou bien sont-ce ses lèvres qui me font frissonner ? Un vent levé chuchote à mon oreille ses mensonges et sous mes fesses, son désir comme un métal aiguise le mien.

Le samedi suivant, je me suis rendue sur les Grands Boulevards, où les enseignes bon marché ont leur vaisseau amiral. Dans l'immense paquebot, la température était plus étouffante qu'au fond d'une soute. Au rayon prêt-à-porter régnait un fouillis indescriptible, c'était la période des soldes et malgré la chaleur, les clients recherchaient frénétiquement la bonne affaire. La mode était aux jupes longues, et j'ai peiné longtemps avant de trouver quelque chose approchant la description du docteur Fersen. J'ai fini par dénicher un minuscule tube noir coupé dans une matière élastique – taille unique, indiquait l'étiquette. Une longue file d'attente m'attendait pour m'acquitter des 9,90 euros dus.

Parmi les touristes en mal de fraîcheur et des Parisiens usant leurs dernières cartouches avant les vacances, j'ai erré sur les trottoirs, à petits pas pour ne pas faire monter la sueur. Le sac en plastique dans lequel la caissière avait glissé la jupe faisait transpirer ma paume et irritait la cuisse contre laquelle il frottait. La touffeur, les épaules qui bousculent avec peu de ménagement, l'immense solitude – un désœuvrement infini m'a envahie. J'ai cherché un visage dans la foule, un sourire auquel m'accrocher, entrer en contact, mais les regards s'offraient peu, il fallait faire vite, une seconde à peine et les silhouettes déjà appartenaient au passé. Il n'en restait rien sinon une vague réminiscence, le froissement d'un vêtement, l'ombre d'un accessoire – rien d'humain. J'étais seule, de nouveau et de point en point seule.

Seule. Un matin peu après mes vingt ans, j'avais constaté que ma mère n'avait pas dormi à la maison. Cela arrivait parfois lorsqu'elle fréquentait quelqu'un, mais elle me prévenait et depuis des mois, je savais qu'elle n'avait personne.

La porte de sa chambre était ouverte, son couvre-lit tiré et, signe qui ne pouvait tromper, la télévision était éteinte. À l'époque, elle travaillait comme assistante logistique en lointaine banlieue et le matin, quand elle quittait notre appartement bien avant moi, elle laissait la télévision allumée, comme un relais qu'elle me passait. Ce jour-là, j'avais pris mon café en regardant par la fenêtre, profitant du silence inhabituel. Une lumière pure nimbait le paysage comme si tout était beau, les immeubles aux balcons de verre fumé, les bancs en contrebas dans les allées vertes du square.

En mai, fais ce qu'il te plaît, avais-je pensé.

Je terminais ma dernière année à l'École Normale de musique, ultime étape avant d'obtenir mon diplôme de concertiste. J'étudiais pour les concours les *Consolations* de Liszt et la journée avait filé. Lorsque j'étais rentrée vers dix-neuf heures, ma mère n'avait pas donné signe de vie. Dans la soirée, j'avais appelé sa meilleure amie qui m'avait conseillé de ne pas m'inquiéter, Dieu sait avec qui batifole ta mère, avait-elle rigolé.

Le lendemain, j'avais signalé sa disparition au commissariat et trois jours avaient encore passé avant que je me décide à prévenir mon père. Il était occupé, mon appel tombait mal, mais il avait demandé que je le tienne au courant.

Six jours plus tard, on retrouvait la voiture de ma mère sur le chemin de campagne.

Peu après l'enterrement, j'avais découvert le montant exorbitant des dettes laissées par ma mère. Rien ne m'avait alertée, mais elle avait contracté de multiples crédits dans plusieurs établissements, rusant pour pouvoir toujours plus emprunter et renégociant sans cesse les échéances. Qu'avait-elle fait de cet argent ? Personne n'était là pour me répondre. Pendant les semaines où je m'étais épuisée à faire patienter les banques, les impôts et les huissiers, je m'étais retrouvée parfaitement seule, propulsée au bord d'un gouffre où il ne pouvait plus être question de *Consolations*. Ma vie prenait feu. Laisser l'incendie se propager et ce serait la rue.

J'avais quitté l'appartement au-dessus du parc verdoyant, vendu nos meubles – et mon piano. Mon père m'avait avancé une petite somme, le temps que je *rebondisse*. Ne m'étant pas présentée aux concours, l'école m'avait proposé de redoubler, mais j'avais besoin d'argent et j'avais décliné, préférant accepter l'offre de l'entreprise qui employait ma mère – son poste d'assistante logistique rendu vacant par la force des choses.

Quelques mois après le décès de ma mère, Pierre m'abordait dans le métro. À la terrasse d'un café porte de Saint-Cloud où nous avions bu notre première bière, il m'avait raconté sa courte vie avec l'insouciance de son jeune âge, sa famille, sa Bretagne, ses études joyeuses, et j'avais compris qu'il serait mon sauveur. Son monde millimétré ne laissait pas de place aux contes de fées miteux et aux forêts mortifères. Quand était venu mon tour de parler, j'étais restée évasive. La vérité me faisait honte et j'avais peur de lui faire peur. J'avais évoqué un accident de voiture, tragique coup du sort m'ayant privée de ma mère, puis un mensonge en entraînant un autre, j'avais plus tard oublié de rectifier les faits, auprès de lui comme des enfants.

Mon père n'était pas venu à notre mariage, mais Pierre et les siens m'avaient entourée comme si j'étais des leurs. Cela ne leur déplaisait pas, que je sois sans famille. C'était simple. J'étais jeune, brisée, malléable comme une argile. Quand nous nous étions installés, Pierre m'avait fait la surprise d'un piano – un instrument raide à vous donner des crampes. Il m'encourageait. Joue, Ariane ! D'une pression tendre sur les épaules, il me poussait vers le clavier sur lequel, au supplice, je tapotais. Sous son impulsion, j'avais postulé à un poste de professeur au conservatoire du quartier et j'avais commencé à enseigner à des enfants turbulents. Peu à peu, le soleil s'était remis à dispenser sa douce chaleur par-dessus les arbres. La vie avec Pierre s'équilibrait comme par nature. Joyeuse, mais pas folle. Responsable, mais pas sévère. Il disait aimer la musique et réclamait parfois un *concert.* Je jouais volontiers, sans effort ni âme, et il s'émerveillait – pour une fois qu'on a une artiste dans la famille ! Peu à peu, les mérites de la tempérance s'étaient imposés. Mais sous des dehors apaisés, la solitude ne me quittait pas, structurante comme le quadrillage de Pierre, invisible, radicale, sans appel.

À la maison, j'ai essayé la jupe minuscule avec le soutien-gorge.

L'appareil était d'une vulgarité convenue, un mauvais déguisement pour une soirée de mauvais goût. À quoi tout ça rimait-il ? Quel était le plan du docteur Fersen ? Avait-il en tête de m'inviter à une danse mille fois exécutée, prisonnier d'un fantasme impérieux, incapable de désirer une femme autrement ?

J'ai soutenu la vision dans le miroir, laissant de côté le docteur Fersen et les jugements esthétiques trop vite assenés, m'examinant *comme si j'étais une autre* et j'ai fini par ressentir un étrange plaisir à me voir ainsi revêtue d'une panoplie aux antipodes de moi.

Voici que de nouveau, j'étais seule. Des gens étaient venus, certains s'étaient un temps installés, puis ils étaient repartis, chassés par les suivants. De beaux danseurs avaient esquissé sous mes yeux ébahis leurs pas savants, on s'était mis en paire, on avait dansé et contredansé. J'en avais aimé un, désiré un autre, parfois les motifs s'étaient inversés, et les pieds dans le tapis, je n'avais plus réussi à battre la mesure. Puis le bal avait pris fin et chacun avait fait cavalier seul. Le quadrille s'était révélé un simple intermède entre deux temps morts.

Avec mon tube noir sur les hanches et les seins à l'air, pour quelle chorégraphie étais-je accoutrée ? Rien ne durerait, de toute façon. Les instructions du docteur Fersen pouvaient s'étendre sur cent ans ou s'interrompre demain, peu importait. La solitude est notre condition. Seuls les fous pensent autrement. Seuls les menteurs affirment le contraire. Le docteur Fersen était peut-être une chance, une âme flottante comme la mienne, un pair, un allié, un danseur avec lequel esquisser quelques pas pour une valse éphémère, le papillon d'un jour, ou d'un siècle. J'étais partante. Je voulais danser encore. Et si je m'approchais trop près du brasier, c'est qu'il était temps de brûler.

Un soleil noir s'est levé sur mon âme. Je me suis approchée aux abords du précipice. Gorgée de tentations, une langue aguicheuse s'agitait en son centre. Approche, Ariane, penche-toi, débarrasse-toi de tes déceptions et de ton amertume.

Viens danser sur le volcan.

De bonne heure, alors que Pierre et moi sommes seuls sur la terrasse et que nous buvons notre café en silence – nous sommes des lève-tôt, rien n'y fait, c'est l'habitude –, Pierre a soudain un rire bref.

Je lève les yeux, mais déjà son regard a fui. Le rire sec doublé de son air de ne pas y toucher m'irrite, autant de signes qui m'apparaissent comme une moquerie, ou une provocation.

Pourquoi ris-tu ?

Pour rien, répond Pierre, évasif.

On ne rit pas pour rien, objecté-je, surtout si tu me regardes, je fais forcément le lien.

Je ne t'ai pas regardée, dit-il, et si j'ai ri, c'était une pensée personnelle qui n'a rien à voir avec toi.

Je continue, hargneuse. Ça a tout à voir avec moi puisque je suis là, en face de toi. Ton rire n'avait rien de personnel, il était tout ce qu'il y a de plus manifeste, et intentionnel.

Ariane, j'ai le droit d'avoir des pensées, une vie privée. Cette conversation est idiote.

Tu as le droit d'avoir une vie privée et moi, j'ai le droit d'être vexée. Tu t'es moqué de moi. C'est insupportable.

167

Cesse.

La prochaine fois, ris dans ton for intérieur.

Je ris comme je veux.

Non.

Si.

La fureur gronde, m'oppresse, j'en tremble, je peine à me contenir. Pierre conserve un flegme exaspérant, et sur ses lèvres, un sourire qui ressemble à s'y méprendre à du dédain. Il me nargue.

La vérité, c'est que tu es jaloux.

Jaloux ?! C'est la meilleure ! Et de quoi, je te prie, ou de qui ?

Jaloux de tout, du concert, de l'intérêt que Viola me porte... Je m'égare... Jaloux de qui je suis, de mon... aisance... Je bafouille... de ne pas être à la hauteur... de Salva...

La gifle part avant que j'aie le temps d'anticiper et frappe ma joue avec violence. Mes mains viennent couvrir mon visage, comme une garde tardive, ou une façon de dissimuler les larmes qui jaillissent. Je suis stupéfaite, je brûle de rage, je me lève, m'approche de Pierre. La pluie de coups que j'assène, maladroite déferlante, met au supplice mes paumes et mes poignets qui se tordent contre les bras de Pierre érigés en bouclier contre ma brutalité.

Puis je m'arrête. Nos regards haineux se croisent et la vérité se dresse, ignoble, sur la terrasse au-dessus de la mer écrasée par la nitescence du soleil. Je sens mon visage se décomposer. Les masques tombent et le millefeuille trompeur s'éparpille aux quatre vents, mettant à nu notre véritable nature.

Il n'y a pas d'amour. Pas de sauveur. Pas de bouée. Il n'y a pas de *famille* qui fasse sens. Pas de solidarité, d'empathie, d'altruisme. Aucune générosité qui tienne le choc. Les amusettes du quotidien sont des palliatifs, des faux-semblants, un emplâtre. Bercés par la petite musique, on se croit protégés, exonérés du pire. On pense ériger des remparts inexpugnables, on croit avoir évincé la peur. Naïfs ! Expertes dans l'art du camouflage, la peur est omnipotente et l'horreur, jamais loin. À l'instant où les intérêts ne coïncident plus, la vérité revient hurler sa loi archaïque. On se souvient de ce qu'on a failli omettre.

L'homme est un chien pour sa femme – et réciproquement.

Le week-end, nous avions pris l'habitude de nous appeler en activant la vidéo. Jeanne et Guillaume se connectaient avec l'ordinateur de Thibaut, ils s'installaient côte à côte et me racontaient des anecdotes à n'en plus finir, leur travail difficile avec la chaleur, les jeunes venus du monde entier, les plages idylliques, les fruits exotiques au nom étrange dont il ne faut pas toucher la peau urticante.

Je m'exclamais et ils rayonnaient. À la fois familiers et lointains, ils évoluaient sur les rives d'une joie qui m'était étrangère, d'une vitalité ahurissante, surtout en comparaison du début d'été que je passais à Paris. Les instants passés à échanger avec eux me replongeaient dans une existence dont je gardais un souvenir diffus, où tout était simple et gai et que j'avais sans doute vécue, mais dont il ne me restait rien, ou si peu. Puis Thibaut prenait la relève et me relatait pour la deuxième fois leur emploi du temps chargé. Je regardais, hypnotisée, les lèvres de Thibaut s'actionner dans une cinétique confinant à l'absurde et je m'enfonçais encore davantage dans la solitude de l'appartement.

171

Thibaut se voulait rassurant. Mes enfants allaient très bien, ils vivaient une expérience unique, ne manquaient de rien. Il était impressionné par leur volonté, leur persévérance. Tu les as bien élevés, Ariane, ce sont des gosses vraiment chouettes. Je gardais le sourire, celui-là même qu'il me connaissait depuis le début, une marque de contentement flou, suffisamment expressif, ou inexpressif, pour éviter tout commentaire, et je me demandais comment la prouesse avait pu être possible – élever des gosses *vraiment chouettes.*

Avant de raccrocher, il ne manquait pas de rappeler Jeanne et Guillaume. Les enfants, venez dire au revoir à votre mère ! Leurs trois visages s'arrangeaient dans la caméra, pousse-toi, maman ne me voit pas, au revoir ma chérie, à la semaine prochaine ! Je remuais la main et leur envoyais des baisers, au revoir mes anges !

Puis l'énorme lune se remettait à dériver sur l'écran noir de mon ordinateur, que je continuais à regarder longtemps après que les rires avaient cessé. Et le silence retombait, profond comme la nuit.

Quelque temps après leur départ, je me suis demandé si les enfants étaient en lien avec leur père depuis Madagascar. Thibaut se démenait pour Jeanne et Guillaume, il les avait pris sous son aile, orchestrait leurs communications – comment faisaient-ils pour lui demander d'appeler leur père ? Pierre était-il même au courant de leur voyage ? L'année qui avait suivi l'été des Sainte-Rose, il était resté invisible, donnant parfois des nouvelles, mais se disant incapable de s'occuper des enfants. Besoin de temps, avait-il argué, tandis que nous étions tous les trois submergés par les urgences – trois vies à remettre sur pied.

Les enfants ne m'avaient pas questionnée sur les raisons de notre séparation, ni sur l'absence de leur père. Avec la même docilité dont j'avais fait preuve avec ma propre mère, ils avaient accepté la situation. Les Sainte-Rose, l'île, l'explosion de notre famille, les blessures – *tout ça* avait été aspiré par un trou noir. Ils n'avaient jamais exprimé la moindre rancœur, que ce soit à mon égard ou à l'encontre de leur père. Quand ils avaient commencé à aller en Bretagne, rien n'avait été commenté. Il y aurait eu matière à nuancer, pourtant. J'aurais pu avouer ma part de responsabilité, admettre que malgré mon dévouement à leurs côtés tandis que leur père se terrait au fond de la Bretagne, j'étais tout autant coupable. Je n'aurais pas dû laisser s'installer le silence. Mieux aurait valu donner des clés de compréhension, encourager les questions. Je ne l'ai pas fait. J'ai opté pour une autre approche, la seule valide à mes yeux d'alors, vite effacer l'ardoise, aussitôt des œillères, un brusque accès de cécité pour rendre la vie vivable, et tant pis si les enfants ne parvenaient pas à éclairer les zones d'ombre ou à combler les lacunes narratives.

Obéissant à une impulsion, j'ai attrapé mon téléphone et appelé Pierre. Mon cœur s'est accéléré quand les sonneries ont retenti. Une, deux, pourvu que ça bascule, trois, presque la messagerie, une quatrième, encore un effort.

Pierre n'a pas décroché et je n'ai pas laissé de message.

Je peux finir ton plat si tu n'en veux plus ?

Jeanne tend son assiette presque intacte à son frère et continue de jouer avec la mie de pain qu'elle sculpte de ses doigts, de minuscules silhouettes animales qu'elle dispose à côté d'autres déjà façonnées, bestiaire de pâte grise sur la nappe de la taverne où nous dînons. Son visage a minci. Bronzée, maquillée, ses cheveux tirés en arrière, elle est métamorphosée, presqu'une femme. Tallulah a passé un bras autour de ses épaules et penche sa tête jusqu'à toucher la sienne – elles posent joue contre joue pour Pierre qui prend des photos. Magnifiques, s'exclame-t-il. Le sourire de Jeanne s'accentue quand Tallulah dépose un baiser sur son épaule.

Quelque chose cloche avec Jeanne. Je le sens. Je pourrais tendre la main, poser une question au creux de son oreille, tu ne manges rien depuis des jours, tu n'as pas faim, qu'est-ce qui te coupe l'appétit ?

Quelque chose cloche avec Guillaume aussi. Il a dévoré le dîner de sa sœur après avoir englouti le sien, et maintenant c'est à son dessert qu'il fait un sort, affamé, envolé du matin au soir dans les rochers avec Jonas, on pêche, dit-il, mais comment

175

pêche-t-on sans canne ni filet, sans hameçon ni ligne, et sans jamais rien rapporter ? Guillaume d'habitude bon fils se ferme comme un coquillage quand je le questionne – si bien que je ne le questionne plus.

Je regarde Jeanne et Guillaume et je me tais. Après Pierre, ce sont mes enfants qui sont inaccessibles. Cela fait quinze jours que nous sommes chez les Sainte-Rose et nous n'évoquons plus la date du départ. Nous vous interdisons de penser au retour à Paris, disent-ils, la fin vient toujours trop tôt. Ne comptez pas les jours, ni l'argent, ne vous économisez en rien, n'évoquons pas les sujets fâcheux. Pourquoi vouloir rentrer ? Vous avez mieux à faire ? Alors ?

Alors, nous restons. Nourris, logés, blanchis, dorlotés. Depuis que nous sommes arrivés, nous ne participons à aucuns frais. Nous sommes leurs invités et nous ne pouvons pas discuter. À peine sommesnous autorisés à payer un restaurant de temps en temps. C'est comme ça que je reçois, dit Salva, tant que je peux me le permettre, personne ne peut m'en empêcher. J'aime faire table ouverte. Qui peut me le reprocher ? Et qui sait ce que l'avenir nous réserve ? La prochaine fois, nous serons peut-être vos invités, chez vous.

Nous n'avons pas de chez-nous et il paraît impossible que nous puissions un jour rendre l'invitation, mais nous nous laissons faire. L'embarras des premiers jours a disparu. L'insistance de Salva est sans appel, nous n'avons aucune envie de partir, pas plus que les moyens de financer cette rallonge de vacances. Oui, nous sommes achetables, comme tout, et tous, la seule question qui tienne étant celle du prix. Le nôtre se compte en nuits d'étoiles et de fantaisie.

J'ai chaud, très chaud. La terrasse du restaurant est prise en étau entre les pavés encore ardents et la voûte des mûriers-platanes. La chaleur stagne dans la taverne bondée. Assis à côté de moi, Salva caresse mon genou sous la table. Suivant un parcours capricieux, ses doigts serpentent et remontent le long de ma cuisse, ils lézardent, dessinent des chinoiseries. Le désir brûle au point que j'en suffoque. Son autre main est enlacée à celle de Viola, sur la nappe. Je m'en fiche. Je laisserais n'importe qui me caresser en cet instant. J'ai si faim que je me contente des restes, de l'ombre, des dessous de table. Je mange au-dessus de la poubelle. Je ronge les os. Je lèche les plats. Et tout me va.

Le regard de Pierre croise le mien, étranger, vide, qui ne dit rien si ce n'est la distance, abyssale, qui nous sépare.

Je détourne les yeux.

Face à nous, un couple dîne. Engoncé dans une chemise bariolée et épongeant son visage écarlate avec la serviette du restaurant, l'homme en face me dévisage, sans doute depuis un moment si j'en crois la fixité de son regard hébété et sa mâchoire relâchée. Il ne perd pas une miette du cirque qui se passe à et sous notre table, Salva et ses deux femmes, Pierre qui sous cape doit s'en donner à cœur joie, nos enfants tête contre tête. Accouplés n'importe comment, mélangés, nous oublions que nous sommes en public. L'homme ne me quitte pas des yeux, il s'apprête sans doute à notifier à sa femme qu'*il y a des gens bizarres*, mais il ne bouge pas, pétrifié par le spectacle qu'à notre insu nous donnons. Suis-je devenue un animal de foire ? Sa stupéfaction vire à l'impudence. Il paraît lui aussi avoir oublié toute contenance, son insistance est insupportable. La colère monte soudain, inhabituelle, qui vient soulager la tension. La colère me fait un bien fou. Je vais me lever et venir me planter devant le touriste et sa femme dont je ne vois que les cheveux en maigre queue-de-cheval. Je vais taper du poing sur leur table et envoyer valdinguer leur moussaka. S'il ne baisse pas les yeux, c'est sur ses joues molles que mon poing frappera, jusqu'à ce que le sang jaillisse, éclaboussant le visage ébaubi de madame.

Mais dans ses pupilles, l'éclat se trouble. Une vague reflue qui met son œil à l'envers et une membrane vitreuse, laiteuse, aberrante en recouvre la clarté. Il ne reste plus dans le regard rivé sur moi que les rouages hésitants d'une vie qui hoquette. Malgré la chaleur, mon sang se glace. En face, les paupières chancellent. La tête fléchit.

L'homme est à terre et sa femme hurle.

Le sol se rapproche pour moi aussi. La pierre est si chaude contre ma joue que lorsque mes yeux se ferment enfin, je crois sentir sur mon visage la paume d'un homme que j'aime.

Le lundi suivant, une troisième lettre m'attendait dans le cabinet du docteur Fersen. Le message était abscons et j'ai dû me renseigner pour en saisir toutes les implications.

Quand vous serez prête, revêtez-vous de la jupe et du soutien-gorge, le soir de votre choix. Choisissez une place (votre place, il faudra qu'elle soit régulière, sûre autant que possible) et faites l'étoile filante. Il vous faudra du courage. J'aimerais évidemment que vous me relatiez le détail.

Bienvenue chez moi, Ariane.

De retour à la maison, les doigts tremblants, j'ai cherché sur Internet. L'information ne se trouve pas facilement, l'expression est peu utilisée. J'ai fini par dénicher un article du *Monde* daté de 1973 qui expliquait non sans dérision les nuances d'un vocabulaire désuet – et confirmait ce que je pressentais depuis le matin.

Avant 1940, on les appelait les « autobus ». Il y a dix ans, on les nommait les « fins-de-mois ». Aujourd'hui, on parle plutôt des « étoiles filantes ». Mais ces trois

charmants euphémismes désignent tous des prostituées
« *amateurs* ».

J'ai fermé l'ordinateur et je me suis levée, prise par l'affolement. Voilà à quoi aboutissaient les directives du docteur Fersen. Son dessein se révélait enfin. Les consignes, l'accoutrement, les précautions n'étaient pas élaborés en vue de sa consommation personnelle. Il n'avait pas en tête de me fixer un rendez-vous dans une chambre d'hôtel sordide, fin prêt pour m'entreprendre, les conditions de son érection réunies pour répéter son seul et unique scénario. Son propre plaisir n'était pas en jeu, du moins pas de façon directe. Seule une phrase faisait allusion à sa satisfaction – *j'aimerais évidemment que vous me relatiez le détail.* À cet endroit, mon imagination parvenait à broder des possibilités de réappropriation, par procuration et à distance, une façon pour lui de ne pas s'exposer autrement qu'en envoyant un tiers au casse-pipe, et de jouir, quand même, d'un récit et d'images fantasmées – le propre de la pornographie. Sans compter le contentement que procurerait au docteur Fersen le contrôle sur ma volonté et sur mes agissements. Le *bienvenue chez moi* signait cette intermédiation, en m'exécutant je deviendrais membre d'un club dont je me doutais que je n'étais ni la première ni la dernière. Cependant, l'usage du conditionnel, ce *j'aimerais* peu autoritaire, indiquait que ce volet n'était au fond que facultatif, d'importance mineure.

Non. Pas de rendez-vous. Pas de fétichisme pathétique. Pourquoi faire simple quand on peut faire parfaitement tordu ? Le docteur Fersen me proposait un parcours hérissé de barbelés, la voie la moins intuitive, contraire à toute idée reçue et aux présupposés du bien-être, pour lui comme pour moi. En me suggérant le commerce inconvenant de la chair, mon corps rendu consommable par le premier venu comme un bien banalisé, il s'aventurait sur des versants réputés avilissants, réservés aux femmes acculées, celles pour qui la bonne société nourrit une forme de compassion lointaine, non dénuée de mépris et de détestation. En m'incitant à lui *relater* mes prouesses, il s'octroyait le rôle d'un étrange mentor – pour ne pas dire autrement.

Bienvenue chez moi, Ariane. Mes yeux se sont attardés sur les six lettres formant mon prénom, clairement tracées, indiquant sans équivoque que le message m'était adressé. Le docteur Fersen m'avait choisie. Son acte était mûrement réfléchi. Je ne l'imaginais pas distribuer ses missives au hasard, ni risquer de les déposer sur mon bureau sans y avoir longuement pensé – il aurait été si simple pour moi de les produire auprès des médecins du cabinet et de lui attirer toutes sortes de problèmes. Son audace en disait long sur ce qu'il pressentait. *Je* rendais envisageable la collaboration. Quelque chose chez moi ne tournait pas rond et me mettait à sa disposition, il n'en doutait pas, en lien sûrement avec la matière noire qui peuplait le vide au-dedans, avec la glaise molle dont j'étais faite et qui rendait possibles toutes les influences. Voilà que l'histoire radotait, de nouveau j'étais prise dans des désirs sans âme, incapable de dire non et affolée par la puissance qui s'imposait à moi, prête à céder à la petite voix qui réclamait que *je le fasse*, que je sois rompue comme une digue par les assauts de l'eau, domptée sans résistance. La joie farouche autant que le vertige de me savoir élue me terrassaient.

Et la prochaine fois ? Qu'exigerait-on de ma personne ?

Faire l'*étoile filante*. Aux pires heures qui avaient suivi le décès de ma mère, j'y avais pensé, sous un autre vocabulaire. Acculée, je l'étais, je n'avais rien en quantité suffisante et les créanciers ne me laissaient pas de répit. J'avais besoin d'argent, le commerce de mon corps valait quelque chose, c'était aussi simple que cela. Je regardais les hommes dans la rue et je me demandais chaque jour, es-tu capable de le faire ?

Puis il y avait eu cette fois, dans le métro, quand un homme m'avait regardée avec insistance, attiré sans doute par ce qu'il avait dû prendre pour une effronterie dans mes yeux, mais qui n'était autre que la convoitise pour ce sandwich qu'il tenait à la main. Il était âgé – quarante, cinquante ans ou davantage, à cette époque, tout le monde était vieux pour moi –, ramassé et épais comme un ours, déchiquetant son pain à coups de crocs et pourléchant la mayonnaise. Je me souviens avoir pensé, avec celui-là, je pourrai le faire. Il suffira de descendre à sa station, de lui emboîter le pas et, parvenue à un recoin obscur – il s'en trouve partout –, de chuchoter en arrivant à sa hauteur, *pour toi, ce sera cent francs*.

J'avais nourri la pensée en dévisageant l'homme. Il portait sous sa veste un gilet noir, à la façon d'un garçon de café, sauf que le sien était en cuir. La peau paraissait souple, luxueuse, désirable. Une volupté imprévue m'avait parcourue, attisée par la vision du cuir et des cals que j'imaginais sur ses mains. Mon corps s'était cabré, animé par un appétit impétueux – il ne m'appartenait plus. Il m'avait alors semblé qu'un tel plaisir, une fois conquis, ne pourrait plus s'arrêter de jaillir, et j'avais eu peur de moi.

L'homme était descendu sans que je me lève et je n'avais pas *filé*, ni ce jour-là, ni jamais. Le trouble avait continué de frémir dans ma mémoire charnelle, combattu autant qu'exhorté. Je pensais l'avoir vaincu quand Pierre avait posé pour la première fois ses mains sur moi, douces comme celles d'un enfant, mais il était revenu sous les paumes d'or de Salva, et maintenant encore, à la faveur des lettres du docteur Fersen. Je commençais à croire que le frémissement ne cesserait jamais, vif comme du haut de mes vingt et quelques années, quand dans le métro, le gilet de cuir d'un inconnu m'avait fait frissonner.

La troisième lettre du docteur Fersen a trouvé sa place sur la porte du réfrigérateur auprès des deux précédentes et des photos-souvenirs. Les lundis suivants, je suis montée à son cabinet, les yeux au sol, honteuse – de quoi ? De la superbe indifférence du donneur d'ordre, qui depuis sa dernière consigne ne faisait plus cas de moi ? De l'aplomb de la proposition que j'avais en quelque sorte acceptée en empochant la lettre au lieu de la lui jeter au visage ? De ne pas me sentir *capable* ? *Prête* ?

Chaque soir en rentrant du travail, j'ai pris l'habitude de revêtir la panoplie du docteur Fersen. Dans

183

le miroir de la salle de bains, j'osais quelques poses, tentant de percer une voie dans le labyrinthe des désirs. Je restais ainsi accoutrée pour préparer mon dîner et regarder la télévision. À la longue, mon œil s'est-il exercé ? Ai-je repoussé une frontière – une autre ? Finalement, où se situent les limites ? Et de frontières, avons-nous vraiment besoin ? Un jour, alors que je relisais les missives, la troisième lettre m'a offert sans préavis son sens caché, révélant une autre perspective, un regard différent à poser sur les choses, les gens, et sur moi.

Le docteur Fersen avait écrit, *il vous faudra du courage*. Voilà que se dévoilait le secret. Qu'on me donnait la clé. Au-delà des jeux scabreux, le message ne me proposait pas la soumission, l'avilissement ou la perversion. L'invitation se voulait agent de progrès. Il s'agissait d'une quête universelle – le courage d'aller chercher ailleurs. Sous des exigences peu conventionnelles, on me suggérait en réalité l'affranchissement. Comme l'avait chuchoté Salva sous le lilas blanc de mon rêve. *Voyage à travers tes peurs.*

Je suis restée immobile dans la cuisine, les yeux rivés sur la lettre. Sois courageuse, disait le message, et fais ce qu'il te plaît. À toi de transposer les instructions et d'en faire ce que tu veux.

À cet instant, quelque chose s'est allégé, comme un fardeau trop lourd qu'enfin je déposais. Sans violence, simplement déposé à mes pieds.

Je conserve précieusement les trois lettres du docteur Fersen et je veux croire qu'elles ont eu leur part dans ce qui s'est passé ensuite. Au-delà des actes, accomplis ou non, elles ont été facteur de *guérison*. Le docteur Fersen n'avait pas la moindre idée de l'usage que je ferais de ses caprices, et sans doute s'en fichait-il royalement.

Je veux croire que j'en ai fait bon usage.

Je ne me suis jamais posé la question de ses motivations. Son courage empruntait ses propres voies sinueuses, dont, je dois bien l'avouer, je me fiche moi aussi royalement.

Nous quittons la taverne alors que les pompiers s'activent en vain auprès du touriste foudroyé et nous rentrons à la maison en silence, abattus par les pensées morbides.

Je suis particulièrement agitée. La mort vient de frapper sous mes yeux, comme si elle me livrait un spectacle exclusif. Ma présence presque active fait de moi sa complice. Mes extravagances ont-elles été fatales à ce pauvre homme ? La mort m'a-t-elle fait une offrande en me tendant la main, était-ce une proposition, un pacte ? Dois-je y voir un défi occulte ? Une provocation ?

Ou s'agit-il d'un rappel à l'ordre, un poing spectral frappé sur la table m'alertant sur la possibilité toujours présente du pire ? La mort m'invite-t-elle à jouir *tant qu'il est encore temps* ?

Viola me propose un somnifère et je sombre dans le sommeil.

Un désordre m'en arrache peu après. Un lent déracinement, douloureux, me fait revenir d'un exil lointain. Je suis allongée sur le ventre et on s'active dans mon sexe. Mes hanches sont agrippées, on a soulevé mon bassin et des assauts répétés me secouent.

Je veux me retourner, mais une main plaque mon visage contre l'oreiller.

J'essaie de crier. Pierre. Il va venir et tout sera réparé. Nous reformerons ce dragon à quatre têtes qui n'existe que dans les contes d'enfant, les quatre quarts d'un substrat unique, consubstantiel, enfin réunis. Les morts renaîtront et nos erreurs seront pardonnées. La douceur étendra de nouveau son voile léger et j'oublierai comme il est triste de ne pas être aimée.

Ma gorge entravée ne peut appeler, et au fond, ai-je vraiment envie qu'on vienne ? Les murs chaulés étouffent les râles, le frottement contre le drap, les clapotis saccadés. La chambre-capsule a quitté la terre et je dérive dans la nuit, abandonnée.

Personne ne viendra me sauver.

Dans mon dos, on se dégage. Mon visage toujours immobilisé est aveugle, sourd, impotent. Dénuée de tendresse, une main venue d'un ailleurs où l'amour n'existe pas s'empare de ma chair. Elle martyrise mon corps qu'elle dépèce, plume, démembre, mise au défi pour la seconde fois ce soir. Tu veux *sentir* quelque chose ? Voir jusqu'où il est possible de *jouir* ?

Je sens ma raison défaillir et je plonge dans une béance sombre. Mon corps se cabre, s'ouvre, se laisse aller à la transe. Je me défais de moi, je deviens une abstraction sans mémoire ni pensée, incorporelle, un grain de poussière électrisé qui suit sa trajectoire propre.

Je me laisse faire comme si j'avais toujours attendu qu'on s'empare de moi.

La première fois s'est passée ainsi. Une deuxième fois se déroulera à l'identique la nuit suivante, puis une troisième, un enchaînement de fois jusqu'à la dernière. Toutes les nuits, on viendra lorsque je dormirai – mes efforts pour veiller finiront par céder au désir que l'on vienne, étrangement épuisée, je sombrerai de plus en plus vite dans le sommeil. Je n'aurai jamais de certitude sur l'identité de mon visiteur. Par un curieux phénomène, je suis toujours prise *dans mon dos* et si au début, je tente de me défaire de la contrainte exercée sur mon visage, je me plie par la suite aux règles de mon assaillant. Il me paraît évident qu'il s'agit de Salva, mais rien ne me le confirme. Pas un signe, pas une connivence ou une allusion, de jour comme de nuit. Pas une peau que je puisse toucher, un baiser qui me soit familier, pas la moindre odeur. Je m'en étonne. L'idée m'effleure qu'il s'agit peut-être de quelqu'un d'autre, que je suis violée et que je devrais m'inquiéter.

Elle m'effleure.

Une nuit, il me semble entrevoir la silhouette de Pierre, tapie dans l'ombre du mur.

Une autre fois, j'imagine que Viola est capable de se munir d'un attirail sexuel et de m'en pénétrer.

Puis c'est comme le reste. J'arrête d'y penser. Je finis par ne plus vouloir savoir. Peu m'importe d'où vient la jouissance. Sa fulgurance l'emporte sur toutes les hypothèses.

Dissimulée sous un imperméable léger, je suis sortie un soir d'orage. Le bitume mouillé brillait d'un éclat noir et les rues grouillaient de badauds revigorés par la fraîcheur. J'ai longé lentement les trottoirs de mon quartier, puis ceux d'autres faubourgs, laissant derrière moi le XVe arrondissement de Paris. La lenteur a ses mérites, parfois, qui contrarient les lois de la physique. En s'étirant comme un élastique, le temps au lieu de s'affaiblir se densifie. L'intensité de sa charge se décuple. J'ai ralenti encore, jusqu'à m'immobiliser, à l'acmé du temps lent – interrompu.

Je me trouvais à l'angle d'un parc resté ouvert pour cause de canicule. La nuit était redevenue claire. Les grands arbres sombres se fondaient dans le ciel parsemé d'étoiles – dont moi, censément *filante*. J'ai poussé la grille et emprunté une allée sablonneuse. La foule avait envahi l'espace ici aussi, et la nuit déversait ses rires sur des rythmes désordres.

Je n'avais pas de plan. Depuis quelques jours, le vent avait tourné, il gonflait mes voiles et m'armait d'un *courage* nouveau. Je me sentais prête à m'élancer – mais vers où ? J'ai ouvert mon imperméable. L'atmosphère douce m'a fait frissonner. Revêtue de l'arsenal du docteur Fersen, j'ai retiré mes chaussures et je suis allée pieds nus sur la pelouse, sans bagage ni destination, orpheline, apatride, inhumaine – moi.

Je me suis assise sur un banc et mon téléphone a sonné. Le nom de Pierre s'est affiché sur l'écran et m'a arraché un sourire – un vrai. Les boucles du temps s'amusaient à me bousculer et, non sans ironie, faisaient resurgir sa présence anachronique dans ce parc aux allées sombres. Je me suis souvenue qu'il avait l'habitude de recourir à des diminutifs pour s'adresser à moi, dans sa bouche j'étais *Nana*, *Nanou*, ou même parfois *Bébé*. J'avais aimé ça, être renommée en choses mignonnes, comme si ses sobriquets avaient le pouvoir d'adoucir mon âme et de me rendre plus attachante – comme s'ils me soulageaient du poids d'être moi. Les sonneries se sont succédé, l'appel a basculé vers la messagerie et l'écran est redevenu noir. Je me suis demandé si Pierre avait fait la même chose lorsque je l'avais appelé, garder les yeux sur son téléphone à observer mon nom jusqu'à l'épuisement, l'appareil en main et, à l'esprit, un bouquet de souvenirs fanés. Allait-il à présent me laisser un message, quelques paroles bonhommes comme il en avait le secret, *Mon Bichon, que fais-tu à moitié nue dans un bain de ténèbres ?*

J'ai attendu sur mon banc sans autre ambition que de laisser les secondes gagner le large, et la nuit s'est étirée, une nuit drolatique où tous mes fantômes sont venus me visiter pour la dernière fois. Tant d'ombres m'habitaient et, depuis si longtemps, qu'il n'était plus possible de les distinguer, ni entre elles, ni elles de moi. Mes fantômes étaient devenus moi, et moi, j'étais eux, moulant ma forme éthérée à la leur, tantôt m'incurvant et me recroquevillant pour les laisser m'envahir, tantôt débordant pour combler leurs vides, aspirée, siphonnée. Toutes ces années, je m'étais épuisée à les combattre, contreproductif effort intensifiant leur vigueur à m'assaillir – le propre d'un fantôme n'est-il pas de hanter ? Lutter contre des images n'a pas de sens. Du passé, on fait rarement table rase. Cette nuit-là, faute de m'affronter, je me suis prêtée au jeu, autorisant les spectres à vaguer à leur guise, sans distinction, les tout à fait morts, les presque défunts et les autres, vivants pour ainsi dire. Des passants sans identité ni visage sont passés dans mon dos comme là-bas sur l'île, ou se sont assis à côté de moi sur le banc d'étoiles. Chose étrange, ma reddition prit l'allure d'une victoire. Chaque esprit put gagner une place en moi, inaugurant une forme de vivre-ensemble. Une manière de trouver, moi aussi, ma place auprès d'eux et une conformation plus intègre – la mienne.

Lorsque le va-et-vient s'est calmé, le jour s'est levé sur un horizon limpide. Il faisait frais et j'ai refermé mon pardessus. Le sort m'avait fait la grâce d'une nuit de paix. J'étais allée au plus loin du voyage, mon courage mis à l'épreuve, saine et sauve revenue – le reste ne me concernait pas. Pour la première fois depuis longtemps, je me suis sentie déterminée, dispose et lucide, et une suite de choses à faire m'est apparue, simple et néanmoins cardinale remise en ordre. Quelques étapes encore avant d'espérer souffler et atteindre le point tranquille – ce quelque part où la terre et le ciel se rejoignent, et où marcher revient à voler.

J'ai quitté le parc au petit matin. Çà et là, des dormeurs donnaient au jardin un aspect de radeau à la dérive. J'ai enjambé les corps et je suis rentrée chez moi d'un pied léger.

Je n'ai plus envie de me souvenir.

Dois-je me souvenir que le lendemain de la mort du touriste, Guillaume m'a dit, les yeux mouillés de larmes, maman, je veux rentrer à la maison. Pourquoi, ai-je demandé, distraite, contrariée, détournée.

Jonas me demande de faire des trucs.

Dois-je avouer que j'ai balayé ça comme s'il s'agissait d'un détail, que j'ai prononcé une phrase ou deux destinées à éloigner le problème, des trucs, quels trucs, un baiser sur le front, et hop, va te baigner, ça ira mieux ?

Est-il nécessaire de confesser ce que j'ai murmuré à l'homme sans visage qui s'agitait dans mon dos, à plusieurs reprises une supplique comme une éruption de folie, torrent d'un désir mortifère ? Tue-moi, ai-je murmuré. *Tue-moi.*

Que Jeanne a perdu dix kilos cet été-là, déclenchant une anorexie qu'elle mettra quatre ans à endiguer ?

Comment décrire la scène surprise d'un point d'observation d'où je ne peux être vue, Pierre et Salva dans la piscine se font face, étonnamment silencieux, rien ne se passe sinon ces longues minutes à se dévisager, est-ce un jeu, un défi, qui détournera le regard en premier, qui réclamera son dû, à bout de désir ?

Et que dire de cette image hallucinée qui plane comme une menace au-dessus des autres ? Le visage de Viola est un soleil noir qui obstrue le ciel. Ses lèvres se posent sur les miennes, longtemps elles batifolent – pincements, lapements, approfondissements – puis un sourire creuse un pli sur ses joues. Je plonge dans l'eau de ses yeux et j'effrange cinq lettres pitoyables, minable comme un prisonnier à qui son maton ferait l'aumône, m-e-r-c-i.

Sera-t-il un jour possible de faire taire les trilles hystériques qui m'ont secouée quand Pierre a tendu la main, peu avant la fin ? Il a chuchoté, faisons la paix. Je riais si fort que des larmes ont jailli, brûlantes et folles – aujourd'hui encore, l'écho ne finit pas de me hanter.

Faut-il vraiment se souvenir ?

J'ai traversé tous les déserts, cent fois, mille fois, croisant et recroisant mes propres traces, enlisée dans le sable et les remords. J'ai traîné toutes les chaînes, été mise au carcan par tous les juges, rongé tous les os, léché toutes les parois.

À présent, je n'y vois plus très clair. Les images se dédoublent. La réalité se découd. Sur la pellicule aveuglée par la clarté estivale, je continue de rire, de plonger, d'embrasser et plus encore, tandis qu'en négatif, je me retire dans le recueillement, longue nuit d'hiver dont je ne vois pas l'issue. Peu à peu, je perds l'usage de la pensée et de mes gestes. Je ne parviens plus à faire unité.

Seuls les faits. Posés là, à jamais.

Comment s'est achevé l'été des Sainte-Rose ? Je ne vais pas me dérober. Je vais tout raconter. Lorsque j'aurai mené le récit à son terme, je rouvrirai les yeux et mes souvenirs sombreront enfin dans l'océan de l'oubli.

Mais ne soyez pas dupes. Sur le passé, on ne peut que se pencher, en ramasser les morceaux et tenter de les recoller. Questionneriez-vous Pierre, Viola, Salva ou les enfants, ils vous livreraient une autre histoire.

Les gares des petites villes se ressemblent un peu toutes, un bâtiment en crépi saumoné ajouré de fenêtres grises, une horloge dans la toiture ardoise et un maigre parvis. Au-devant, un sens giratoire indique aux voyageurs qu'ils doivent vite dégager. Celle d'Auray ne déroge pas à la règle et n'incite pas à la flânerie. J'avais réservé une voiture de location et j'ai roulé vers le seul village dont je me rappelais le nom. Il faisait doux et le trajet m'a paru agréable comme une excursion touristique.

J'étais en vacances. Une décision prise au lendemain de ma nuit dans le parc, comme une évidence. Les choses les plus effrayantes sont parfois les plus faciles à faire, me suis-je dit en franchissant la porte du cabinet – aujourd'hui est le plus beau matin. Comme il est simple de passer dans les couloirs, d'allumer l'ordinateur et d'imprimer le formulaire de demande de congés. Deux semaines, non, trois. Date de début, demain, non, aujourd'hui. Il suffit de cocher les bonnes cases.

Il n'est pas plus compliqué de déposer la feuille dûment remplie où il se doit. Personne n'est disponible pour réceptionner ma demande ? Tant mieux,

199

tant pis, autant ne pas s'entendre reprocher ce que l'on sait déjà, ces choses-là s'anticipent, etc.

Voilà. En vacances. Cela n'était pas plus sorcier que ça. J'avais à faire et je n'étais pas pressée. Avant de repartir, je suis allée prendre un café à la machine. Des collègues y échangeaient les derniers ragots, véritable étude phénoménologique des intrigues du cabinet – problèmes de direction, patients mécontents, laxisme, fumisterie et passe-droit.

L'un d'eux a tourné sa tête vers moi. Dis donc, tu bosses pour Fersen, toi. T'as pas remarqué quelque chose de *spécial* ?

Sur quoi me questionnait-on, à cet instant où j'avais décidé de mettre les voiles ? Quelle ironie me rappelait au bon souvenir de celui qui, en fait, constituait le principal déclencheur de mon départ ? Me demandait-on de commenter le colimaçon sans fin, l'étroitesse de la table plaquée contre le mur comme dans une cellule ? Qu'avais-je remarqué de *spécial*, outre les masques aux lèvres retroussées, n'attendant que le passage d'une chair pour y planter les crocs, les dossiers azur dissimulant les exigences les plus inouïes, quoi de plus notable que de se tenir sur le qui-vive, les poings serrés et la trouille au ventre, prête à obéir et à s'oublier, que faudrait-il repérer quand tout est *spécial*, à commencer par soi-même ?

Une réflexion en entraînant une autre, plus cruciale, j'ai pensé que je n'irais plus jamais là-haut. J'ai pensé que j'en avais terminé avec les contrefaçons et les soumissions et qu'il était temps de tirer ma révérence. Adieu, Fersen. Trouvez un autre ciel dans lequel faire filer vos étoiles. Je pars à la recherche d'une Ariane nouvelle. Mes pas sont peut-être incertains, mais je sais que je ne vous rejoins pas. Vous serez passé dans ma vie comme un motard en ville, en faisant beaucoup de bruit, mais sans vous arrêter. De votre course insensée, j'aurai fait une chose ardente, cheveux au vent, j'aurai fabriqué ma liberté. De toutes vos fantaisies, je ne retiens que le courage.

J'ai revu la cohorte de fantômes s'éloigner dans les contre-allées du parc, et j'ai dit que non, je n'avais rien remarqué de *spécial*. J'ai jeté mon gobelet dans la poubelle et je suis rentrée chez moi.

Parvenue au village, je me suis arrêtée pour déjeuner. Un bar-tabac tenait lieu d'unique commerce, avec un zinc, quatre tables, un présentoir à revues et un magnifique flipper. Je me suis accoudée au comptoir et j'ai mangé un sandwich en observant deux jeunes hommes jouer en secouant la machine, hilares.

Les ronflements d'un flipper sont irrésistibles. Ça vrombit, ça gémit, ça papillote, une voix caverneuse s'élève et fait tomber son couperet – *Game over*. Les deux types ont commencé à regarder vers moi, intrigués par mon intérêt et l'un d'eux s'est enhardi en me proposant une partie.

Nous avons joué plus d'une heure. Grâce à mes finances généreuses et ce qu'il restait de mes talents d'étudiante, je me suis fait deux amis, et cette aisance joyeuse a fait écho à des impressions lointaines – j'avais vécu une poignée d'années ainsi, entre deux naufrages, avec le cœur à m'amuser.

On a pris un café et ils m'ont demandé ce que je faisais *dans le coin*. Je cherche un homme, ai-je répondu. Ma réponse a relancé leur hilarité, vous en avez trouvé deux ! La plaisanterie m'a fait rire. Tout était facile – drôle, même.

Alors j'ai dit la vérité. J'ai dit que j'étais venue rendre visite à mon ex-mari, un certain Pierre Travenne, que je ne savais pas où il habitait parce qu'on ne s'était pas vus depuis des années. Ils n'en ont pas demandé davantage. Trois coups de fil et dix minutes plus tard, j'étais en possession de l'adresse de Pierre.

La maison de Pierre se situe au bout d'un chemin à l'abri des regards. D'une facture moderne, on la découvre sur une pelouse impeccable, avec sa toiture en ardoise comme il se doit ici, des lattes en bois sur la façade et ses volets ouverts. Pas de portail, ni de barrière. Des fleurs en bosquets vifs et à une cinquantaine de mètres, un bras de mer qui scintille. Un grand calme règne, si ce n'est le pépiement des oiseaux et un peu de vent dans les arbres.

Un coin de paradis.

Je gare ma voiture sur le bas-côté et je reste un moment à observer, traversée par un afflux d'émotions. Je fais face à la nouvelle vie de Pierre. Disposée à revoir l'homme dont je fuis le souvenir depuis des années, prête à affronter un pan du réel dont tout est à redécouvrir, et à exposer je ne sais quelle vérité de moi.

L'audace de ma présence me coupe le souffle. Je me tiens devant mon histoire. Être ici est une mise à jour, comme un réalignement, un réglage de mes pendules dont les aiguilles cessent enfin de tournoyer n'importe comment. Le cours de mon temps reprend. L'instant se synchronise avec le présent.

Je ferme les yeux pour mieux savourer ce qui n'est pas une mince victoire.

Je suis réveillée par les cris d'un enfant. Je suis réveillée, mais je garde les yeux fermés. Mon cœur s'emballe et les images déferlent. Qui crie ? Est-ce Jeanne qui court vers moi, ses petites jambes lancées dans la course folle de sa jeunesse ? Pierre se penche pour la prendre dans ses bras. Regarde, Jeanne, voilà ton petit frère, il s'appelle Guillaume, et j'embrasse leurs fronts tendres, leurs peaux contre la mienne ont la douceur de l'amour infini.

On marche sur les graviers. On toque contre la vitre. Je peux garder les yeux fermés. Je suis garée sur une route de campagne, c'est là où l'on ferme les yeux, la tête contre le volant, c'est là où l'on meurt – soudain je me demande si la voiture a sonné le tocsin, le klaxon actionné comme une bouteille à la mer par le crâne de ma mère, des jours et des nuits lançant un S.O.S. tardif aux biches, aux piverts et aux grands ducs, la batterie faiblissant jusqu'à devenir râle, agonie, derniers souffles…

On toque encore. Je ne suis pas morte. Mes yeux s'ouvrent malgré moi.

Les tempêtes en Méditerranée sont plus mauvaises qu'un scorpion. Pendant des semaines, on admire l'eau étale, on s'amuse des clapots presque grotesques dans lesquels pataugent les enfants, une mer inoffensive sans flux ni reflux, une maison close, un grand lac en quelque sorte.

Un soir, le vent se lève. Pendant la nuit, ça souffle, ça bat, ça claque. Et au réveil, les flots sont en furie. Une mer au dard dressé a pris place dans la baie, méconnaissable, blanche de rage.

Un piège à cons, disait Salva.

Il disait aussi, la Méditerranée est une salope.

Salope, la mer a scellé notre histoire.

Le temps s'était mis au gris la veille. Après le quinze août, la météo se déglingue – neuf jours après la fête de la Vierge, les orthodoxes célèbrent la fin de l'été.

Neuf nuits après la première fois, j'ai entendu crier dans le vent et il m'a semblé reconnaître la voix de Pierre. Je n'ai pas bougé de mon lit, pressée de m'endormir. L'homme-Salva est venu presque à l'aube, furibond comme le vent, usant d'une rudesse accrue.

J'étais si fatiguée que je me suis à peine réveillée, abandonnant mon corps à sa fièvre. Cette nuit-là, la dernière, il m'a mordue, au point que je n'ai pu retenir un cri.

À mon réveil, les draps étaient tachés de sang. J'ai regardé dans le miroir la plaie au-dessus de l'omoplate, vilaine morsure animale que j'ai dissimulée comme j'ai pu sous un pansement.

J'avais dormi anormalement tard.

Engourdie, j'ai cueilli quelques figues que j'ai mangées sur la terrasse, face à la mer démontée. Puis Jeanne et Tallulah sont passées. Le vent fouettait leur chevelure qui se dressait par à-coups, comme électrisée. Jeanne avait les yeux rouges et le teint pâle. Elle n'est pas venue m'embrasser et je n'ai pas réclamé de baiser. J'avais mal à l'épaule – tout mon corps malmené me faisait souffrir.

J'ai demandé où étaient les garçons. Partis pêcher, a répondu Tallulah.

Je n'ai pas fait le lien avec la tempête.

Quant à Viola, Salva et Pierre, peut-être au port, elles n'en savaient rien. Elles sont parties s'enfermer dans la chambre de Tallulah et je me suis retrouvée seule face au ciel d'acier et à la mer, cette *salope*, qui déversait sa rage écumante, oppressée – la météo, ai-je pensé.

J'ai tourné en rond comme un fauve, puis vers midi, Viola est arrivée. Elle m'a demandé de m'asseoir.

Voilà, a-t-elle dit, il va falloir partir. Aujourd'hui. Vous ne pouvez pas rester. S'il n'y a pas de bateau pour Athènes à cause du mauvais temps, vous trouverez une chambre au port.

J'ai demandé, il y a un problème ?

Elle a secoué la tête.

Il s'est passé quelque chose ?

Elle s'est levée. Avant d'entrer dans la maison, elle s'est tournée vers moi et a ajouté d'une voix blanche, *la fête est finie.*

Le vent a redoublé. Les fleurs d'hibiscus tourbillonnaient sur la terrasse dans un manège dément. J'ai essayé de réfléchir, mais mon esprit affolé ne pouvait s'arrêter de valser avec les pétales fuchsia. Un vertige a fait basculer la maison, j'ai mis mes mains sur mes yeux, mes oreilles, et sur ma stupeur, ma colère, mon humiliation.

Pierre a fait son apparition par l'escalier. J'ai tendu la main et j'ai balbutié, on doit partir.

Les coudes serrés contre son corps, il a dit, je sais, qu'est-ce que tu crois ? Sa voix tremblait.

Je l'ai regardé. Qu'est-ce qui se passe ?

Son corps était traversé de soubresauts, tendu dans toutes les directions par une fébrilité incontrôlable.

Qu'est-ce que tu as fait, Ariane ?

Une seconde est passée où j'ai senti qu'au plus profond de moi, je me pulvérisais. Une seconde longue comme une infinie chute libre. Une bouffée d'anéantissement. Amputée de mes ailes, j'ai piqué vers le sol. Le retour au réel ne pardonne pas pour qui tombe des nues. Avant d'éclater comme un météore, j'ai relevé la tête.

Et toi, Pierre, qu'est-ce que tu as fait ?

Pierre n'a rien répondu. Sur son visage blême, des larmes coulaient. Nos regards sont restés longtemps crochetés, deux miroirs reflétant la même débâcle d'images à toute allure projetées, un concentré de gâchis, à la limite de l'asphyxie.

Ce fut notre ultime confrontation. Le salut final de deux parias, les yeux dans les yeux, débordant d'une égale *rage salope*. Que pouvions-nous ajouter, qui ne se savait pas ? La vie nous avait donné une chance. Nous en avions fait de la charpie.

Je me retrouve face à Pierre cinq ans plus tard, et je peine à le reconnaître.

Il a laissé pousser sa barbe et ses cheveux tombent sur son front – longs comme il ne les a jamais portés. Son teint évoque les longues journées de plein air. Des rides ont creusé son visage. Il porte un simple tee-shirt et un pantalon de toile froissée. Il a un peu grossi.

Ce qui le rend méconnaissable, c'est l'éclat dans ses yeux. Changez la tonalité du regard et l'homme n'est plus le même. Les yeux de Pierre chantent un tout autre couplet que ceux que j'ai connus quand nous étions mari et femme. Vingt ans à ses côtés et je n'ai jamais entrevu, ni même soupçonné, le germe de ce qui pointe sous ses paupières. Éberluée, je scrute son visage et partout où investigue ma curiosité, brille l'éclat de la gaieté. Les yeux de Pierre fredonnent un air d'insouciance – à peine troublé par la surprise que ma présence provoque, trois fois rien d'étonnement, une éphémère perturbation de surface, quelques ronds dans l'eau qui ne tarderont pas à s'effacer.

Puis la scène s'élargit et je prends la mesure de ce qui m'entoure. Il y a un gros chien qui vient renifler mes jambes et que je caresse par réflexe. Il y a une jeune femme qui s'approche en souriant, et il y a un garçonnet dans ses bras, un poupon joufflu qui se tortille pour qu'elle le laisse aller – il cavale vers la maison lorsqu'elle le pose à terre.

Je surprends Pierre en flagrant délit de bonheur. La main dans le sac de la joie de vivre.

Pierre s'inquiète pour les enfants. Je le rassure. Ils sont à Madagascar, ajouté-je.

Oui, je sais, dit-il.

Nous restons devant ma voiture. Puis Pierre me présente à la femme qui sourit toujours et se prénomme Suzie.

Ariane est la maman de Jeanne et Guillaume, dit-il.

Et moi, celle de Malo, précise Suzie.

Viola est ressortie sur la terrasse. Où est Jonas, a-t-elle demandé.

Parti pêcher, a répondu Pierre. Il a dit aussi quelque chose comme, attends, Viola, ne fais rien sans réfléchir.

Viola nous a dévisagés. Vous feriez mieux de vous en aller. Sois raisonnable, Pierre. Prends ta femme et tes enfants. Partez maintenant.

Pierre a parlé encore, mais je n'ai pas retenu ce qu'il disait. Je me souviens juste de son intonation, intime et quasi obséquieuse, qui contrastait avec la rudesse de Viola, révélant des arcanes que j'avais négligés. Je me rappelle avoir pensé que leur conversation ne me concernait pas, que je n'aurais pas dû y assister, mais ils ont continué comme si je n'étais pas là, comme s'ils m'avaient oubliée et que plus rien n'avait d'importance. D'ailleurs, peut-être était-ce une autre que moi qui se tenait sur cette terrasse de Grèce, secouée par le vent salaud, prête à crever, ou à tuer, pour un jour de plus au paradis.

Puis Jeanne a surgi de la maison et elle s'est jetée dans mes bras. En larmes, elle a hoqueté, je ne veux pas partir. Une odeur désagréable émanait de sa bouche et j'ai eu un mouvement de recul. Mes bras se sont lentement refermés sur la jeune fille en pleurs que j'avais presque oubliée. Oui, j'étais en charge d'autres que moi. Non, on ne peut pas jouir sans avoir de comptes à rendre.

Viola s'est énervée. Vous êtes sourds ou quoi ? Qu'est-ce que vous attendez ? Que ce soit vraiment la catastrophe ? Allez ! Barrez-vous !

J'ai attrapé Jeanne par la main et nous sommes descendues dans le jardin. Va faire ta valise, ai-je ordonné. Vite.

J'ai pensé à autre chose et je me suis retournée.

Sur la terrasse, Pierre gesticulait devant Viola, la bouche déformée. Il pleurait encore.

J'ai crié, et Guillaume ?

Le vent a ravi mes paroles et personne ne m'a répondu.

Suzie me propose d'entrer. Pierre renchérit, oui, bien sûr, viens boire un verre.

Je marche vers la maison. Pas trop vite, prends ton temps, ralentis. Il y a tant à penser, à ordonner, tout est à revoir, à reconcevoir, pas de conclusions hâtives, rien n'est encore certain.

Si. Une vérité est acquise.

Pierre est heureux.

Il n'est pas le débris que j'imaginais. Pas le mort-vivant cloîtré dans sa haute tour bretonne. Il ne se consume pas à petit feu, incapable de poser sa main sur la peau des êtres aimés. Il n'a pas besoin de danser au bord des volcans pour se sentir en vie. De porter des costumes de guerre, de jouer avec la foudre, de se laisser dévorer ou de dévorer à son tour.

Où vont ses pensées en cet instant, silencieux à mes côtés, lui aussi retenant son pas pour se donner la même parenthèse de réflexion ?

Pense-t-il que dans mes yeux, ça chante la mélodie du bonheur ?

La maison est aussi joyeuse dedans que dehors. Peu de mobilier, un sol clair et de larges baies vitrées

213

donnant à l'arrière sur une pelouse qui descend vers l'eau. Une autre mer, lisse ardoise contenue entre deux langues de lande domestiquée. Vivre au bord de l'eau… Une façon de devenir insensible au chagrin ?

Suzie s'affaire avec l'enfant. C'est l'heure du goûter. Elle l'a installé à table avec des biscuits et un biberon de lait. Elle n'est pas très grande, les cheveux courts, un peu garçonne. Elle porte une sorte de sarouel à la couleur indistincte et un débardeur blanc. Ses bras sont mouchetés de taches de rousseur et je vois briller un éclat sur l'aile de son nez – un piercing.

Elle me fait la conversation pendant que Pierre prépare le café. Jeanne et Guillaume sont deux enfants géniaux, dit-elle, Pierre en est très fier. Elle espère que Malo pourra mieux les connaître, *plus tard.* Lorsqu'elle sourit, son nez se retrousse et drape ses joues de mille petits plis – le genre de charmes autour desquels l'amour se noue. L'enfant babille sans cesse et ses pépiements sont une distraction que seules les âmes jeunes peuvent dispenser – l'innocence détourne de tous les maux et force tous les sourires. Je suis au spectacle, un voyeur entré par effraction dans une vie qui n'est pas la mienne. Que suis-je venue chercher ? L'absolution ? Le soulagement d'une culpabilité en réalité obsolète – est-ce étonnant ? Ici, dans ce coin de paradis pour gens heureux, on vit, depuis longtemps déjà, on s'arrange, on se fait du bien, sans doute s'aime-t-on. Je me contente de hocher la tête aux paroles de Suzie.

Puis l'enfant pointe son petit doigt vers Pierre qui revient avec le café et dans un élan espiègle, lâche les deux syllabes élémentaires.

Pa-pa !

L'action est une bouée.

Je me suis accrochée à la bouée et j'ai fait ma valise, dans un sursaut vital. Le danger était là, dans la voix de Viola, dans les vagues démontées, et je n'ai plus eu qu'une seule idée, fuir, prendre mes enfants et partir, vite, loin.

Je suis allée voir Jeanne dans sa chambre. Elle pleurait, allongée sur son lit.

Jeanne, dépêche-toi ! Lève-toi, range tes affaires.

J'ai attrapé sa main, elle s'est dégagée en grimaçant, toujours cette odeur, sa manche a glissé et j'ai vu les marques.

Deux longues estafilades sur l'avant-bras, nettes et parallèles. Quinze centimètres ourlés d'un grenat sombre.

Je me suis immobilisée.

Jeanne, qu'est-ce que tu as fait ?

Elle a levé vers moi un regard à la dérive et elle est allée vomir dans la salle de bains.

Plus tard, elle m'avouera que Tallulah avalait une cuillère de sel après chaque repas. Quelques secondes suffisent pour déclencher les vomissements. Elle l'avait mise au défi d'essayer. Les entailles aussi étaient un jeu. Les tracer sans trembler. Résister à la douleur. Faire quelque chose de beau, comme une calligraphie.

J'ai laissé Jeanne dans sa chambre et suis remontée chercher un médicament. Dans l'escalier, j'ai vacillé. Mes jambes peinaient à me soutenir – je n'avais rien avalé depuis les figues du matin.

Sur la terrasse, Jonas était assis sur le rebord d'un muret, seul. Ses jambes étendues, il grattait la terre avec un bâton de bois, désœuvré, dans un calme parfaitement anachronique.

Où est Guillaume, ai-je demandé.

Il n'a pas relevé la tête. Son bras s'est dressé, pointant le bâton en direction des rochers, vague indication contrainte.

J'ai regardé vers les rochers comme si je les voyais pour la première fois. La pierre rouge érigeait son armée de pieux vers le ciel. En contrebas, toutes les quatre, cinq secondes retentissait le canon, quand le ressac explosait son déluge d'eau contre les parois. Partout des éboulis, des cailloux roulés, des scalpels en dentelle.

Un défilé étroit ouvrait une voie dans laquelle se faufiler, entre deux rocs à pic.

Là où les enfants vont jouer.

Où est Guillaume, ai-je redemandé d'une voix blême.

Jonas a soupiré, accablé par l'effort que j'exigeais de lui. Le visage toujours vers le sol, il a murmuré, à voix si basse que j'ai dû m'approcher.

Il a glissé. Il est tombé, l'idiot. Il ne peut plus marcher. Il y a du sang partout.

J'ai attrapé ses cheveux.

Relève ta tête quand je te parle. Qu'est-ce que tu as fait ?

Aïe ! Il s'est mis à pleurnicher. Arrête, tu me fais mal. Ton mari vient de partir le chercher, je lui ai dit par où aller.

Puis il s'est dégagé avec brutalité et s'est levé. Dans ses yeux rivés sur moi, l'enfance n'était plus, si tôt éteinte au profit d'humeurs crépusculaires – arrogance, mépris, aigreur.

T'as pas entendu ma mère ? Vous devez dégager. On vous a assez vus. Vous êtes des profiteurs. Des parasites.

Ma vue s'est obscurcie. Dans le vent bourdonnant, la tempête a noué mes entrailles, sifflant comme le tonnerre des vagues. Je me suis mise à trembler.

Jonas s'est approché de moi.

Si tu veux savoir, c'est moi qui ai poussé ton fils. Il ne voulait plus avancer. Au premier ravin, il pleurniche, c'est trop raide, c'est trop haut… Il fallait bien faire quelque chose. On n'allait pas y passer la nuit. Ce n'est pas ma faute si c'est un lâche.

Tout s'est embrouillé. Jeanne agenouillée devant les toilettes, les cheveux fouettés par le vent. Les yeux de métal dans lesquels on devine un soubassement glacial, affûté comme une lame. La bouche déformée de Pierre, que je n'avais jamais vu pleurer.

Les danseurs maniérés, allant deux par deux, passant et repassant leurs ronds de jambe, sourire aux lèvres – le même sourire que celui de Jonas, de nouveau nonchalant, innocent comme si j'avais rêvé ses paroles. Et Guillaume, quelque part dans les brisants.

Ma main s'est raidie et a agrippé sa gorge. Faire taire sa voix, la vanité de son regard, le neutraliser, de n'importe quelle façon. Punir, venger, rabattre le temps. Tout effacer.

J'ai arc-bouté mon pouce et mon index autour de son cou. Tais-toi, ai-je dit. Ma poigne était si puissante, et sa gorge si fine, que j'ai eu l'impression d'en faire le tour, comme un carcan de fer. Dans mes veines, la colère rugissait, et j'ai serré encore, au point que sa peau cède sous mes ongles. Tais-toi, ai-je répété, et plus j'ordonnais, plus la pince se resserrait, à la limite de soulever Jonas du sol. Au bord de la falaise, déjà extraite de moi, j'ai senti qu'il suffirait d'un rien pour que tout bascule. Que ma main strangule juste encore un peu et je reprendrais ce qu'on m'avait volé.

Jonas a fermé les yeux et son corps de poupée molle s'en est allé au gré de mes secousses. Il n'a pas eu un geste pour se débattre. Pas la moindre résistance. On aurait même dit qu'il accompagnait ma furie d'infimes pulsations, comme pour me simplifier la tâche. Sur ses lèvres, le sourire persistait, qui disait combien l'instant le comblait. L'extase baignait ses traits. Oui, il souriait tandis que ses veines se gonflaient de son sang garrotté et que son visage pâlissait.

Il obtenait ce qu'il désirait. Le dénouement lui était victorieux, quel qu'en fût le prix. Ma violence ne le décevait pas, elle faisait de moi un être abject, irrévocablement coupable.

Dût-il le payer de sa propre vie.

Pierre ouvre la baie vitrée et me propose de prendre le café dehors. Nous nous asseyons face à la mer.

Tu savais, pour Malo ? Les enfants t'avaient dit ?

Non. C'est pas grave, ajouté-je, je veux dire, pas pour Malo bien sûr, mais que les enfants ne m'aient pas prévenue. Je comprends.

Nous buvons notre café.

Puis Pierre parle en regardant la mer et je l'écoute détailler les étapes de sa reconstruction – sidération, acceptation, rencontre, renaissance. La joie d'être de nouveau père. Son embarras à mon égard. Il parle longtemps. Je sens que cela lui fait du bien.

Je sais que tu as quelqu'un, toi aussi, ajoute-t-il. Les enfants sont avec lui, à Madagascar. Ils l'aiment beaucoup, je crois.

Puis il se tourne vers moi.

J'étais déjà mal, *avant*. Je l'ai compris ensuite. On appelle ça une dépression masquée. Les facteurs sont multiples, mais toi, tu n'y es pour rien, c'est certain. Tu n'as rien à te reprocher. Tu étais une épouse formidable.

Il répète, avec conviction. *Formidable.*

223

Je me souviens avoir pensé la même chose. Que Pierre était un mari formidable. Nous étions formidables, tous les deux admirables autant qu'effroyables, qui avons construit et détruit comme des brutes. Tous les deux incapables en définitive.

Soudain la dérision contenue dans ce qualificatif me fait monter les larmes aux yeux. La sincérité de Pierre ne fait aucun doute. Prendre les torts à sa charge lui ressemble, c'est sa façon d'être généreux, empathique – *formidable*. Ses mots se veulent rassurants, ils visent à soulager, à encourager, mais ils énoncent aussi une sentence. Pierre s'adresse à moi comme à une condamnée qu'il est vain d'accuser encore. Il me manipule avec la précaution qui convient à la porcelaine. Tôt ou tard promise au rebut.

Formidable est un malentendu – voire un mensonge.

Les larmes ne coulent pas. Il fait trop doux dans le jardin de Pierre, à l'ombre de sa maison, pour être amer. Le soleil étire ses rayons sur la pelouse. Ce n'est plus l'heure de la rancœur. Je comprends enfin que rien ne peut être dit, ou fait, qui change la donne. On ne peut pas toucher à ce qui fut. Pierre et Ariane Travenne n'existent plus. Inutile de s'attarder à les pleurer, ou à les juger. Laissons-les voguer au fil de l'oubli, laissons leur vaisseau s'éloigner, devenir un point indistinct à l'horizon. Bientôt, leur souvenir s'effacera dans la brume. *Qui entre ici est délivré de toutes ses souffrances.*

Je demande à Pierre, sais-tu ce qu'ils sont devenus ? Tu as eu des nouvelles ?

Il secoue la tête. Je n'ai aucune nouvelle. Je n'en veux pas. Je n'ai pas cherché. Ne me dis rien, si tu sais quelque chose. Je t'en prie.

Un peu plus tard, je lui demande si les enfants l'appellent depuis Madagascar. Oui, répond-il en souriant, tous les lundis. Ils sont très organisés, ils tiennent ça de nous.

Avec la vidéo ?

Pierre me regarde, étonné. Non, pourquoi ?

C'est si frêle, un cou. Un corps révèle tant de vulnérabilité lorsqu'il ne cherche pas à défendre la vie qu'il abrite. La fragilité qui nous constitue est aberrante – il est si simple de s'en emparer. Il suffit d'empoigner celui qui s'abandonne et d'explorer avec méticulosité ses cavités intimes, ganglions, nerfs, vaisseaux, jusqu'à détecter les zones capitales. Ensuite, on s'y enfonce, traquant le dernier souffle – jusqu'où la vie résistera-t-elle ?

Certaines secondes englobent des mondes infinis. Tandis qu'il faiblissait et que mes doigts s'arrimaient à la chair de Jonas, je me suis vue aller et venir au travers d'un rideau invisible. J'avais atteint le faîte de ma folie, parvenue au dernier point d'équilibre, quand le vertige touche à son intensité culminante et qu'on flirte avec l'étourdissement du voyage sans retour. D'un pas, le précipice s'enjambe. On saute d'un flanc à l'autre, on hésite, on sent la bascule imminente. Du côté du mal, toutes les déviances sont permises. Si on s'y attarde, si on succombe au mauvais choix, plus rien ne sera comme avant.

J'aimerais pouvoir dire que je dois le salut de Jonas à un sursaut de lucidité. J'aimerais qu'une voix se soit élevée au-dedans, celle d'un parent peut-être, d'un mari ou simplement d'une conscience, m'intimant à la tempérance, à la clémence, à faire cesser ma démence. Que la pensée de mes propres enfants ait eu le pouvoir de me retenir, empêchant le naufrage. Qu'ils aient été gardiens de ma paix, comme une façon de me faire entendre qu'il est vain d'ajouter du mal au mal.

J'aimerais savoir que je peux compter sur les instances de ma psyché pour faire garde-folle.

Mais sans l'arrivée de Viola sur la terrasse, sans ses cris et ses efforts pour ranimer son fils, je serais devenue une tueuse d'enfant. Rien d'intérieur ne s'était manifesté. Au-dedans, tandis que mes doigts étranglaient, régnait un vide qui me dévorait comme un incendie. Pas un son, pas d'image salvatrice, aucun sursaut d'humanité. Au-dedans était une grotte de pierre, aux parois éclaboussées de flammes.

Au-dedans était le silence.

Je repars avant la nuit. Un peu de route à faire, dis-je en guise d'excuse. Où vas-tu, demande Pierre. Prise au dépourvu, je réponds n'importe quoi. À Quimper, chez des amis.

Il m'accompagne à ma voiture, tandis que Suzie fait le guet sur le pas de leur porte, et sur ses lèvres un sourire que je reconnais, le sourire des vestales et des garde-chiourmes.

Quand je démarre, j'aperçois dans le rétroviseur le gros chien qui vient flairer les traces laissées par mes pneus sur le bas-côté. La maison s'éloigne comme le *vaisseau des morts*, le coin de paradis pour gens heureux devient minuscule, puis la route fait un coude et il n'y a plus que le bitume frangé de verdure.

Une bonne heure de route, a dit Pierre. En réalité, là où je vais, il me faut plus de temps. Mais du temps, j'en ai à revendre et je décide de rentrer à Paris en voiture.

Je roule à petite vitesse et je me laisse dépasser par les véhicules les plus lents, poids lourds, caravanes venues du Nord, guimbardes surchargées, parmi lesquels je m'attends à voir défiler d'autres attelages

chimériques, side-cars, tapis volants, Pégases imma-
culés… Tant je suis ailleurs et étrangère à ce qui
m'entoure.

À la dernière seconde, Pierre a tendu sa main par
la vitre ouverte de ma portière. Il a posé sa paume sur
mon épaule et a exercé une petite pression, juste ce
qu'il fallait pour obtenir mon attention.

Il a prononcé une phrase, la dernière, chuchotée
comme une confession alors que j'avais déjà mis le
contact et ses mots improbables continuent de vole-
ter à mes oreilles.

Je ne t'oublie pas, a-t-il dit.

— Jonas !

Viola s'est agenouillée près de son fils. Elle a enchaîné des gestes efficaces – une manière remarquable de souffler dans la bouche de Jonas et de prendre appui sur sa poitrine, une pression ferme et légère à la fois. Les yeux clos, Jonas paraissait endormi. Ses membres ballottaient sous les manœuvres de Viola et d'une entaille sous le menton, un peu de sang avait coulé. Autour de nous, le vent agitait le décor comme une ineptie, l'inerte se secouait dans tous les sens tandis que nous, les vivants, nous nous raccrochions à quelques bribes de destinée.

Debout dans la tourmente, je n'ai pas bougé. Des élancements aigus remontaient dans ma main droite, le long de mes tendons qui saillaient comme sur une patte d'oiseau, et irradiaient jusque dans mon coude. Ma paume était poisseuse – du sang. Sans faire un geste, j'ai regardé Viola s'activer sur les tomettes ocre de sa jolie terrasse, envieuse. Tu ne connais pas ta chance, ai-je pensé, tu peux toucher le corps de ton fils, lui porter secours, tandis qu'on m'a volé le mien.

Jonas a toussé. Viola l'a aidé à se redresser et à s'asseoir sur le muret où quelques minutes aupa-ravant, il jouait avec son bâton de bois. Il s'est levé, a fait quelques pas.

Ils m'ont parlé, je crois. De leurs bouches se sont échappés d'étranges phonèmes, comme un langage inventé, une prosodie sans sens. Seule la douleur dans mes doigts me paraissait réelle. Et l'absence de Guillaume.

Quelque temps après, ils sont passés en cohorte devant moi – Viola, Tallulah et Jonas qui descen-daient vers la mer. Tallulah portait le volumineux sac étanche de Salva. Jonas fermait la marche, tel un soldat blessé qui n'écoute pas ses souffrances, sur le pied de guerre. Il ne m'a pas jeté un regard.

Je les ai suivis dans l'escalier jusque sur la terrasse la plus basse. Viola s'est penchée et elle a tiré sur la corde pour faire venir le canoë – celui que l'on prend pour rejoindre leur bateau ancré plus loin. Les vagues éclaboussaient le ponton, les rochers et faisaient val-dinguer le canoë.

Je me suis approchée. Viola s'est tournée vers moi.

Ne te mêle pas de ça. Tu as assez fait de dégâts.

Qu'est-ce que tu fais ?

J'emmène mes enfants.

Sur le bateau de Salva ?

C'est mon bateau. Ma maison.

Tu ne peux pas partir en mer. Regarde.

Elle n'a pas répondu.

J'ai attrapé son bras, puisque les mots ne for-çaient rien, et de nouveau, la violence m'a envahie.

232

Une vanne avait lâché qui déversait sa haine dans mon sang, désespérée de ne pas pouvoir retourner le retournement et faire se continuer l'été, éternellement. Viola s'est débattue et son épaule s'est dénudée. Une plaie, vilaine comme la mienne, y saignait. La même morsure animale, au même endroit.

Je l'ai relâchée. Nous nous sommes regardées.

Puis elle m'a enlacée. La douleur a irradié mon épaule et j'ai imaginé qu'une décharge identique se propageait dans la sienne. J'ai serré plus fort et nos corps se sont emboîtés. Il m'a semblé d'un coup comprendre, ou du moins accepter, la volte-face de Viola – comme une envie d'en finir que je pouvais m'expliquer, tout envoyer promener, fuir les diableries, sans explication reprendre ses billes et partir. Aimer Viola, c'était aussi ne pas la retenir, l'aimer jusque dans son injustice, ou sa cruauté. Aimer sa liberté quand même elle s'exercerait à mes dépens. L'amour avait atteint son point le plus pur, lorsque le renoncement s'impose et que le sacrifice se consent.

Tallulah s'est penchée pour aider sa mère avec la corde, mais elles ne parvenaient à rien contre les flots déchaînés. Le canoë s'est finalement laissé faire et est venu se plaquer contre les bouées du ponton lorsque nous nous y sommes mises à trois.

J'ai maintenu la corde pendant qu'ils montaient à bord. Viola a fait démarrer le moteur, et ils sont partis, bringuebalés par la houle. Dans une complainte déchirante, les hélices rugissaient quand elles s'arrachaient aux flots, puis gémissaient en s'enfonçant de nouveau. J'ai regardé le canoë prendre de la distance, aussi dérisoire qu'un jouet dans une baignoire, un joujou agrémenté de trois figurines en plastique, malmené par un enfant qui tape sur l'eau pour le faire chavirer.

Ils ont disparu derrière le cap où Salva m'emmenait nager. De longues minutes se sont écoulées, effroyable allongement du temps pendant lequel plus rien n'a compté que ce promontoire blanc d'écume, contre lequel la mer se brisait sans trêve.

Puis émergeant de derrière les rochers, le bateau des Sainte-Rose est apparu, toutes voiles dehors, plongeant et se cabrant comme un cheval ailé.

Sur un rocher qui surplombe la mer face au Péloponnèse, j'ai vu le bateau s'éloigner, les vagues si hautes qu'elles engloutissaient l'embarcation jusqu'au mât.

Un soulagement m'a envahie, comme une âpre délivrance. Viola avait réussi. Réussi quoi ? Je veux penser qu'elle avait un plan, qu'elle savait ce qu'elle faisait et que sa fuite représentait la meilleure des options. En guettant le bateau se frayer un passage dans les vagues, j'ai été traversée par un sentiment de victoire, fière d'avoir contribué, à ma façon, à mettre en œuvre le destin de Viola.

Je conserve l'ultime sensation du corps de Viola serré contre le mien, en écho à tous les mystères de cet été-là. Le souvenir trouve sa place aux côtés des fragments de mémoire que je ne cède pas, autant de messages cryptés dans la langue sibylline de ceux qu'on a trop vite croisés, si peu compris, mal et follement aimés. Cette matière manquante nourrit ma nostalgie et vient se loger dans une province inatteignable, douloureuse mais précieuse, bel et bien vivante, de moi.

Je ne t'oublie pas.

Les mains crispées sur le volant, je n'ai pas été capable d'accuser réception, si ce n'est par un sourire fugace accompagné d'une brève expiration, peut-être ai-je hoché la tête – comme un signe qu'on adresserait à un adversaire en reconnaissance de son *fair-play*, un remerciement qui salue non pas la victoire, mais la beauté de l'affrontement. *Nice play.* Bel esprit sportif.

Puis je suis partie sans avoir ajouté un mot.

Le *Je ne t'oublie pas* de Pierre n'en finit pas de papillonner dans l'habitacle de ma voiture et se heurte à mon impuissance. Qui peut dire ce qui se cache dans la confession de Pierre ? L'obstination de sa mémoire est-elle à entendre comme une bonne nouvelle, ou au contraire, est-ce une malédiction ? A-t-il confié sa joie à se souvenir, ou à l'inverse son impuissance ? Pierre n'est pas un homme à émotions. Il ne m'a pas habituée au laisser-aller sensible, je ne sais pas décoder son aveu – à moins que toutes ces années, je n'aie rien su voir de sa face tendre, moi-même trop endurcie pour pouvoir l'apprécier. Est-il possible que je sois passée *à côté de lui* ?

237

Oui. En témoignent la maison au bord de l'eau, sa jeune femme et ses désirs d'enfant. Pierre est retombé sur ses pieds avec une virtuosité que je n'avais pas soupçonnée. Il révèle une maîtrise stupéfiante des pas de danse, les développés, les dégagés, les pliés et les demi-pliés. Il a rebondi, au-delà de toute mesure.

Rebondir… C'est le verbe qu'avait employé mon père lorsque ma vie de jeune femme avait versé dans le fossé, à la mort de ma mère. *Le temps que tu rebondisses.* Sa proposition n'avait pas cessé de ricocher toutes ces années, évoquant les voltiges de cirque, les déflagrations d'atomes et les plastrons bien portants – dont j'entends encore les échos. Ariane, as-tu su rebondir ? Quand en auras-tu fini de te jeter contre les murs comme une écervelée ?

Après les Sainte-Rose, quand il avait fallu reprendre un semblant de vie sans Pierre, je me souviens avoir eu peur de tout, renouant avec mes frayeurs d'avant, à la différence qu'à présent j'avais peur aussi pour mes enfants. J'avais peur des courts-circuits, des inondations ou des incendies. Peur que le plafond s'effondre. Que le métro déraille. Que les bouches d'égout sautent et qu'en jaillisse une escadrille de cafards, ou de rats sanguinaires. Peur du froid, du chaud, du haut, du lourd, du fort. Peur de ce que le présent me donnait à vivre d'insupportable, une réalité faite d'enfants à demi morts, de secrets inavouables et de culpabilités rampantes, un monde devenu trop effrayant pour y vivre à part entière. Je n'avais plus eu la force de faire face au synchronisme des terreurs insensées qu'il fallait combattre et dissimuler.

Cela s'appelle-t-il *rebondir* ?

Aux blessures s'ajoute le poids du secret que mes enfants portent depuis deux ans – ce petit Malo jalousement passé sous silence. Comment leur père a-t-il orchestré la clandestinité ? L'un voulait-il m'en parler qu'il a fallu convaincre du contraire ? Pierre ne m'oublie pas, mais a-t-il oublié de m'avertir ? Se sont-ils d'emblée mis d'accord pour ne rien me dire, au prétexte que *maman est trop fragile* ?

À cet instant, une bouffée de reconnaissance pour Thibaut soulève ma poitrine. Grâce à lui, Jeanne et Guillaume se sont embarqués dans une aventure vierge et profitent d'un répit que je n'ai pas su leur offrir.

Thibaut a-t-il conscience du bien qu'il leur fait en les éloignant de moi ? Lui ai-je assez dit ma reconnaissance ?

Il ne s'agirait pas de passer à côté de lui.

Quand le bateau a disparu à l'horizon, je suis remontée sur la terrasse haute, fouettée par le vent tandis qu'autour de moi tout battait – volets, cannisses, toiles.

Pierre n'était pas revenu avec Guillaume. Il ne répondait pas sur son téléphone.

Jeanne dormait.

Salva n'avait pas donné signe de vie.

Jonas avait laissé son bâton de bois sur le sol.

Je suis entrée dans la maison. Un désordre inaccoutumé y régnait, comme si le vent et la violence avaient tout dérangé ici aussi. La maison avait été retournée dans la précipitation et des objets traînaient un peu partout, chaussures orphelines, cartes à jouer éparpillées, serviettes de plage humides.

Je me suis dirigée vers leur chambre.

Leur lit est un radeau qui vogue sur une estrade maçonnée, de trois marches rehaussée. Le matelas à même le sol est recouvert d'une confusion de coussins et de draps froissés. Un édredon satiné a glissé par terre. De part et d'autre, deux minuscules chevets, des livres ouverts et une flopée de bougies.

Aux murs, on a fixé des babioles, miroirs en métal ouvragé, tissus indiens, quelques photos délavées. À un crochet, pendent les sautoirs de Viola. À un autre, la capeline du premier jour. Sur les chaises, les tables, le plateau de la commode, les tapis – sur toutes les surfaces plus ou moins accessibles – s'étend un chaos de vêtements.

Une chambre comme les étals d'un bazar oriental.

Face au lit, deux fenêtres ouvraient sur le bistre du ciel et de la mer.

J'entrais pour la première fois dans leur chambre avec le sentiment sacrilège de pénétrer un sanctuaire où les gens comme moi n'accèdent pas. Le temple vibrait de leur présence invisible, chaque détail comme un talisman dont j'aurais voulu m'imprégner, me vautrer dans leur foutoir et fusionner, mes cellules enfin confondues aux leurs jusqu'à devenir eux.

Je me suis assise au bord du lit. Dans le désordre des étoffes, j'ai entrevu un objet en bois. J'ai tiré sur le drap et il y avait là un masque, identique à ceux que je recroiserai des années plus tard dans le cabinet du docteur Fersen, un faciès de loup grossièrement sculpté aux babines bestiales – celles-là même qui broient leur proie au petit matin.

J'ai attrapé des vêtements au hasard et y ai plongé mon visage. Je les ai frottés contre mon bras, mon ventre. Rien. Aucune odeur. Pas la moindre trace charnelle. La chambre ne livrait pas ses mystères sensuels, en tout cas, pas à moi. À moi, on réservait les assauts sans esprit, mécaniques va-et-vient en quelque sorte punitifs. Pas d'effleurements. Pas de chuchotements. Pas de parfum suave. Les mille délices de la chair que mon esprit soupçonnait sans pouvoir les élaborer m'étaient refusées. Des jours que j'étais en dévotion et qu'avais-je récolté en retour ? Le droit d'évacuer en urgence. La fête est finie, avait dit Viola. Au lit, les petits. Au panier, caniche mignon. Voilà ce qui arrive aux poussières ; on les balaie.

Je me suis levée et j'ai attrapé une poignée rageuse de colliers que j'ai passés autour de mon cou, brisant au passage quelques colifichets, piétinant les billes qui roulaient sur le sol.

Quand je me suis retournée, Salva se tenait dans la chambre, ses yeux fous fixés sur moi.

Ces dernières années, j'ai épuisé toutes les combinaisons de recherche sur Internet. J'ai essayé Sainte-Rose avec ou sans tiret, associé à leur prénom, au nom de l'île, à leurs professions. J'ai tapé accident de bateau, naufrage en mer Égée, noyade. Corps retrouvés. Drame. Meurtre d'enfant.

Sainte-Rose est une commune de Guadeloupe. Il y en a une autre à la Réunion. Il est fait mention d'une Sainte Rose de Lima.

C'est tout.

Nous n'avions pas échangé nos numéros de téléphone – pour quoi faire ? Nous ne nous quittions jamais. Ils disaient habiter Paris, mais où ? Quelle école les enfants fréquentaient-ils ? Où se situait le cabinet de Salva ? Viola était-elle inscrite à un club de sport, était-elle investie dans une association de quartier ? Je ne m'étais pas préoccupée de ces détails. Je pensais avoir le temps.

À l'ère de la traçabilité, des réseaux sociaux et de la reconnaissance en tout genre, les Sainte-Rose avaient disparu des radars. Comme s'ils n'avaient jamais existé.

Le silence avait fait suite au vacarme.

Après la Bretagne, mes pas me conduisent vers l'île. Pour la troisième fois, je refais le voyage, mais cette fois-ci, j'ai un objectif.

Je viens tuer le silence. Celui qu'ils ont laissé derrière eux et qui n'en finit pas de mugir à mes oreilles éreintées. Celui qui condamne mes enfants au mutisme et aux sourires de façade. Le silence qui me fait rebondir contre les murs. Celui qui m'a faite balle molle, terre glaise, porcelaine, étoile d'un soir.

À l'inverse de Pierre, je veux tout entendre. Mettre des mots et des images sur les scènes qu'on a supprimées du film. Je n'accepte plus que l'histoire reste en suspens dans le sang et la tempête. Je veux inscrire le mot fin en bas du chapitre et tourner la page. Disperser les cendres de mes souvenirs dans la mer qui borde le Péloponnèse.

Me voici arpentant les pavés du port. Cinq ans ont passé, mais sur l'île, rien n'a changé. Les enfants chantent leurs éternels refrains à la fêlure hystérique. Les tuniques sont taillées dans les mêmes gazes vaporeuses. Les cafés se boivent toujours frappés. L'aridité court le long des collines et la mer réverbère un feu tout aussi ardent.

Par où commencer ? Retourner là-bas, au bout du chemin poussiéreux, revoir la désolation ? La maison est toujours à l'abandon, mais je ne m'attarde pas sur les ronces ou les traînées de rouille. Peu m'importe l'état des lieux. Je ne fais pas un pèlerinage. À la différence de mon séjour avec Thibaut, je cherche. Un nom sur la grille, une boîte aux lettres, du courrier mal glissé. Un point de départ. N'importe quoi.

Je ne trouve rien. La maison est aussi étanche à mes investigations que si elle appartenait à une autre dimension.

Je me donne une semaine. Je procède avec méthode. Dans un premier temps, je me contente d'observer. Je prends soin de me fondre dans la foule. J'attache mes cheveux, porte un chapeau, des lunettes de soleil. Au cas où, je veux reconnaître la première. Je cherche un visage, un indice. Je guette.

J'essaie de me souvenir des lieux que nous avons fréquentés. J'y retourne.

Puis comme rien ni personne ne me parle, je questionne. Dans les échoppes, les tavernes, auprès des voisins. Toutes les maisons environnantes sont louées à des touristes. Je me rends à la seule agence immobilière de l'île. La maison n'est pas en vente. On ne peut me renseigner sur l'identité des propriétaires. J'essaie d'expliquer. On semble ne pas me comprendre. On s'étonne de mon énervement.

Il y aurait bien le maire, ou le pope, mais je n'ose pas.

Je demande au hasard, dans la rue. On passe son chemin en haussant les épaules. Des vieux échangent des plaisanteries en me voyant repasser sans cesse devant eux.

Je tourne en rond.

Salva s'est approché.

Il a tendu la main vers les colliers et il a joué un instant à les soulever et à les laisser retomber contre ma poitrine. La verroterie a tinté comme un rideau de perles qu'on agacerait, puis il a glissé un doigt entre les rangs, dessinant sur ma peau une minuscule et très lente exploration qui a rétréci mon souffle à la limite du malaise.

Sa main est remontée, resserrant les colliers autour de mon cou, une longe qu'il a ajustée au plus court. Après Jonas, venait mon tour d'offrir ma vulnérabilité et de m'abandonner – j'en ressentais déjà les obscurs vertiges. Il m'a attirée à lui, une impulsion qui se voulait délicate, assez ferme cependant pour éprouver sa prise. J'ai soutenu son regard. Vois, Salva. Je suis revêtue des amulettes précieuses et tu me tiens au collet, parée comme il se doit, serrée comme tu aimes. À moi les jouissances d'alcôve. À moi les étreintes suaves. *Je suis prête.*

Son autre main s'est posée sur mon visage et elle a touché ici et là, sans façon, indolente. La tension s'est glissée sous ma peau, parcourue de décharges indécises, opposées ou cumulatives, affolantes. Une incertitude ivre brouillait le regard de Salva, un entre-deux dont il était impossible de suivre le courant, effarante sinusoïde capricieuse.

Où est Viola, a-t-il murmuré.

Je suis restée muette. Le bateau appartenait aux brumes à présent. J'en étais la gardienne. À mon tour d'être la déesse du sanctuaire.

Il a serré davantage. Tu me dois ça, Ariane, après tout ce que j'ai fait pour toi. Dis-moi où elle est.

Ses doigts d'or se sont attardés un instant sur mes lèvres et il a murmuré, si proche que j'ai senti son souffle sur ma peau.

J'ai aimé embrasser ta bouche, parfois... jamais autant que celle de ton mari.

Mon sang s'est figé dans ma poitrine. Il m'a semblé entendre crier Viola. Vous êtes sourds ou quoi ? Foutez le camp, toi et ton mari. J'ai revu Pierre danser avec Viola. J'ai revu sa silhouette à contre-jour, à l'avant du bateau aux côtés de Salva. Pierre qui fume une pipe en argile sur une chaise longue, les yeux mi-clos. Pierre qui rit à gorge déployée, Pierre qui chante, Pierre qui pleure – un homme que je ne connais pas. J'ai pensé à toutes les souffrances tues et à toutes les joies dissimulées à jamais. J'ai pensé que nous étions allés au plus loin de l'été.

J'ai dit, elle est partie avec ses enfants. Elle t'a quitté.

Salva a eu un rictus, incertain comme son regard. Puis ses mains ont relâché leur emprise. Il a reculé et dans ses yeux, le dédain a percé.

Tu peux garder les colliers, a-t-il dit.

La chambre s'est mise à tanguer, renversant le plancher au ciel.

Le dernier soir, je m'aventure vers la capitainerie.

La citadelle aux murs épais et son petit musée de la marine sont fermés. Les quais si fréquentés le jour sont déserts cette nuit. Je m'adosse contre la pierre encore chaude, découragée par mes échecs successifs, seule face à la mer noire.

Un chat sauvage s'approche en miaulant et vient se frotter contre mes mollets. Je le laisse faire, distraite par la douceur du contact et par ses muscles que je sens sous sa fourrure. Il miaule encore et se dirige vers l'arrière de la capitainerie.

De la lumière s'échappe d'un entrepôt que je n'avais pas remarqué.

C'est une vaste pièce d'un seul tenant, sans doute un ancien garage à bateaux transformé en espace culturel. On prépare une exposition, des tableaux emballés dans du papier bulle sont retournés contre les murs. Des vestiges ont été disposés çà et là pour faire rêver les touristes. Une gigantesque ancre noire est versée sur son flanc. Sur un panneau, un gouvernail en bois sombre est fixé, immuable, agrémenté de filets de pêche.

253

Au fond de la halle, comme s'il m'attendait, trône le piano.

Un piano est un étalon. Certains sont sauvages, rétifs à la monte, ils résistent longtemps avant de se livrer. D'autres obéissent, d'emblée si dociles qu'on s'enhardit, mais ils dissimulent leur impétuosité sous des abords rustauds et se cabrent au premier obstacle. Il me suffit d'une caresse pour deviner l'animal. Passer la main sur son ventre, découvrir sa mâchoire, effleurer ici ou là. J'ai l'habitude – ce genre de choses ne s'oublie pas.

Celui-ci est une bête triste. Sa robe par manque de soin s'est éteinte. Depuis longtemps, on ne le monte plus, on ne l'étrille pas. Son heure de gloire est passée. À mon approche, sa gueule cassée se détourne. Il a vu défiler tant de cavaliers éconduits et d'écuyères désenchantées, il n'en peut plus. Remisé dans un garage à bateaux désaffecté, il broie du noir.

Moi aussi, je broie du noir. Depuis que je suis sur l'île, mon silence s'est encore épaissi. Comme un brouillard de lande, il recouvre les chemins où autrefois j'ai ri, aimé, pleuré. Sur les traces d'une réalité qui n'existe plus – dont on semble avoir effacé les empreintes avec soin –, moi seule parais me souvenir. La solitude du dernier survivant.

Je m'assieds sur le tabouret et j'ouvre le piano. Mes doigts frôlent le clavier. Me reconnais-tu ? Tant de jours et tant de nuits se sont écoulés depuis cette soirée dans la cour de l'église, où nous avons été applaudis par la foule. C'était bien, n'est-ce pas ? Te souviens-tu des étoiles dans la nuit chaude ? Elles se reflétaient sur ta laque comme des lumignons de

Noël. Sais-tu que je n'ai plus joué depuis toi ? Ne t'inquiète pas. Tu n'y es pour rien. Ça n'est pas la première fois que je me fâche avec la musique. Ma partition se compose de longues portées vides. Et toi, l'animal, as-tu été monté depuis moi ?

Je pose mon front contre le rebord écaillé et ferme les yeux. Le piano reste muet. Lui non plus ne veut pas me parler.

Un léger bruit rompt le silence. Une vieille femme se tient devant moi. Son visage ridé bordé de boucles blanches me sourit. Dans un français parfait piqué d'un accent grec, elle s'excuse de m'avoir dérangée.

Je vous reconnais, dit-elle. Vous êtes la pianiste.

Suis-je en train de rêver ? La vieille s'amuse de mon effarement en mettant devant sa bouche ses doigts noueux comme des sarments de vigne.

Je n'oublie jamais un visage. Vous avez séjourné à la maison du photographe, avec votre mari et vos enfants. Je m'occupais du ménage et des courses pour Mme Ape.

Je me lève.

Madame Ape ?

Oui... Celle que vous cherchez. Elle ne vient plus. La maison est fermée depuis cinq ans.

Viola Sainte-Rose ?

Non, Sainte-Rose, c'était lui. Son nom à elle, c'est A-P-E. Ça veut dire abeille, en italien.

La pièce manquante.

Savez-vous comment je peux la joindre ?

Elle m'a écrit il y a plusieurs années pour me demander de veiller sur la maison, mais elle n'a pas

255

pensé que je n'ai pas les clés. Comment faire ? Je ne peux pas me glisser sous les portes. Je ne suis pas une sorcière. Sur l'enveloppe, le timbre portait une feuille rouge. Le Canada.

Et lui ?

Aux dernières nouvelles, il travaillait sur le port du Pirée. Dans un restaurant pour touristes.

La vieille femme me regarde et dans ses yeux crépite toute la malice du monde.

De tous ceux qui sont passés par la maison, c'était vous qu'elle préférait.

Tous ceux ?

Oui, chaque été, une famille, des amis au hasard. Elle m'a dit un jour, *celle-là* – vous –, *je l'aime bien*. Je m'en souviens. Je n'oublie rien. Elle a dit, *bien*. Pas autre chose.

Je me lève. La vieille femme esquisse un geste pour me retenir.

S'il vous plaît, jouez quelque chose !

Je m'approche et je saisis ses mains froides comme la mort.

Je regrette. Je ne peux pas.

Son sourire de fée efface tous les chagrins.

Je ne perds pas le fil. Je sais ce qui vient ensuite. Que personne ne s'inquiète. La patience sera récompensée. Je ne serai pas avare en détails, avec tout ce qu'il faut de sang et de larmes.

Sans jeu de mots douteux, c'est la chute finale.

Pierre crie du haut de l'escalier.

Mon téléphone est tombé dans les rochers. Appelle l'hôpital, une ambulance. Un bateau-taxi. N'importe quoi.

Ce que voient mes yeux n'actionne rien. Pas un geste, pas un mot qui puisse me rendre utile. Je regarde Pierre descendre une à une les marches comme un possédé, transpirant, trébuchant, et dans ses bras notre fils comme une mariée évanouie. Il a entouré de son tee-shirt autrefois blanc la cuisse de Guillaume. Ses mains sont couvertes de sang. Son visage aussi. Partout où mes yeux se posent, il y a le sang de mon fils, traînées, coulures, éclaboussures, rouge vif ou déjà brunes, séchées, croûtées, réitérées.

Pierre gueule, qu'est-ce que tu fous, dépêche-toi !

Il entre dans la maison et dépose Guillaume sur une banquette.

257

Vite, répète-t-il, mais sa voix se fait de plus en plus lente à mesure que son ébahissement grandit. Il se tient au-dessus du corps inanimé de Guillaume et il a peur, comme moi, de ce qu'il voit. Ses consignes sont à présent ânonnées sans conviction, presque par réflexe, puis il se tait, comme si cela ne servait plus à rien.

Le silence prend possession de l'espace. Un silence de mort, pensé-je, qui n'exprime rien de moins que la fin de la souffrance. C'est ce que je me dis, à cet instant. Guillaume a fini de souffrir, tandis que pour nous, c'est le commencement. Pour la seconde fois aujourd'hui, un corps d'enfant gît sous mes yeux. Je suis doublement coupable. Je n'aurai pas assez d'une vie pour payer.

Les pompiers se précipitent, à genoux devant la banquette, ils déploient leurs gestes catégoriques, perfusion, masque sur le visage de Guillaume qu'ils ne cessent d'interpeller, *come on boy, wake up*. Ils ignorent la blessure à la jambe comme si l'urgence se situait ailleurs, entrecoupant leurs soins d'une rafale de questions dont nous ne saisissons pas la portée. Le tir provient de très loin et nous frappe comme des cibles de chiffon. Nous nous laissons canarder, désarticulés, une reddition sans mots ni larmes, absents, en dernier recours retranchés dans la défaillance.

Ils glissent dans le fourgon le brancard où repose Guillaume et se tournent vers nous, déjà calés sur le marchepied, la main sur la portière prête à claquer. *Only two seats. Two people only.* Il n'y a que deux places dans la voiture. Il faut statuer. Qui part, qui reste. Chaque seconde compte, c'est ce que signifie leur regard autorisé, ils ont un job à faire et ils le font bien. Ils patientent, impatients, échangent quelques paroles inquiètes. Leur regard n'en finit pas de nous dévisager, factionnaires stupides, inutiles plantons – nous, les parents.

Pierre dit, vas-y avec Jeanne.

Et toi ?

Il ne me répond pas. J'attends la suite bien que je sache ce qui va s'accomplir, parvenue au nœud de la tragédie. La suite est écrite, implacable comme un destin. Il va dire qu'il reste ici, comme (pour ?) Salva, retenu, aimanté par le mirage et les baisers salés, que c'est plus fort que lui. Que la fête est finie, pour nous aussi. Qu'il me laisse en charge de mes enfants muti-lés. Je le sais, mais j'attends et s'écoule un temps pré-cieux. Pour moi aussi, chaque seconde est comptée. Toutes seront des balises auxquelles me raccrocher, plus tard, lorsqu'on m'aura amputée de l'été.

Nous ne bougeons pas. Les brancardiers nous observent, atterrés autant qu'attristés, de ce senti-ment mitigé que suscitent les pitreries des singes aux barreaux de leur cage.

Il suffit de tirer le bon fil pour enfin venir à bout du dédale. Toutes ces années, ils étaient là, à quelques clics de distance, exposés sans rien à cacher, rien qui fasse rougir, tandis que mon imagination échafaudait des légendes et que ma famille agonisait.

Les travaux en astrophysique de Violetta Ape font référence et sont largement relayés sur le Net. Elle a publié plusieurs articles scientifiques dans des revues de renom dont la très prestigieuse *Science*. Tout semble indiquer qu'en effet elle vit au Canada. Ses publications sont accompagnées d'un unique portrait officiel où elle apparaît chaussée de lunettes, les cheveux courts et bruns, sérieuse si ce n'est l'éclat qu'il me semble reconnaître lorsque je zoome sur son regard jusqu'à en faire un pêle-mêle de pixels – un point de soleil familier et troublant. Viola semble avoir réussi à atteindre cette homéostasie aux antipodes de ce qu'elle était alors, cet état qui justement l'avait attirée à nous – la *normalité*.

Sous le pseudonyme *Talape*, Tallulah Ape a un compte Facebook, un autre sur Instagram et plus de mille amis. On y découvre le quotidien d'une jeune femme de vingt et un ans qui poursuit ses études à Toronto University, aime les sports d'hiver, le paddle et le *make-up*.

En revanche, je ne trouve rien sur Jonas. Mes doigts tremblent sur le clavier alors que je m'évertue à taper les lettres de son nom. Jonas Ape, où es-tu passé ? Quel homme es-tu devenu, si tôt rescapé du pire ? Je cherche encore, mais une nausée me contraint à m'arrêter. Méfiez-vous de l'eau qui dort, dit-on. Je me méfie de cette eau qui ne reflète rien de Jonas, à tout instant la mer peut recracher son monstre, l'échouer sur le rivage et qui sait ce qui peut se passer, alors ?

Je passe ma dernière nuit sur l'île en compagnie de Viola et de Tallulah. L'ordinateur me livre ce qu'il peut, un condensé de leur nouvel Eldorado exigeant de mon imagination un effort accru de jonction – comment en sont-elles arrivées là ?

Je m'autorise une dernière séance de remembrance, une immersion encore avant la révérence finale, et le bateau aux voiles pleines de vent plonge de nouveau dans les creux et se hisse sur les crêtes, évitant de justesse les récifs jusqu'à rejoindre les rivages du Péloponnèse – Épidaure peut-être. À partir de là, tous les chemins s'ouvrent. Une voiture les attend, confortable et fantasque limousine qui les conduit à un aérogare de loisir – ils s'envolent le jour même vers l'Amérique. Font-ils le voyage à trois ou ont-ils perdu l'un des leurs en mer ? Doivent-ils faire vite ? Sont-ils en fuite ?

Et ensuite, quoi ? S'installer dans une ville, postuler pour des visas, choisir les écoles des enfants ?

Se déraciner, se réancrer, réinventer sa vie sur un autre continent comme on change de coupe de cheveux, sur un coup de tête ? Comment déménage-t-on les palais intérieurs ? Fait-on le vide au-dedans comme on se débarrasse d'un mobilier démodé ? La mémoire se rénove-t-elle d'un coup de pinceau ?

Mes yeux s'épuisent. Je navigue de page en page jusqu'aux frontières de l'inconnu, réduite à décortiquer des articles incompréhensibles et des images floues, à la recherche d'un indice laissé à mon intention, d'un code qui révélerait un lieu de rendez-vous, depuis des années dissimulé entre deux lignes comme un défi lancé à ma perspicacité. Je cherche jusqu'à l'absurdité et me rends à l'évidence. Rien ne s'adresse à moi. De code secret il n'y a point. Pour la deuxième fois, je suis éconduite. Viola ne m'appartient plus. Son temps s'est écoulé sans le mien, sous une autre latitude, il ne coïncide plus et malgré ce que je viens d'apprendre, l'essentiel m'échappe encore. Que Viola a-t-elle conservé de ce qui fut sur l'île ? Elle m'aimait *bien*... Qu'a-t-elle fait de mon souvenir ? Habite-t-elle comme moi une terre hantée, où règne une Ariane spectrale ? S'est-elle débarrassée de mon nom, amnésique de l'été fatal ?

Je me lève et je vais à la fenêtre. Dehors, l'air doux et humide m'apaise. En contrebas, les bateaux arrimés au port tanguent dans l'obscurité. Les petites lumières au sommet de leurs mâts dessinent des arabesques qui oscillent dans le tintement argentin des drisses. Pourquoi s'en faire quand tout est calme ? Comme les fantômes dans l'allée du parc, je laisse Viola prendre le large. À fleur de mer, elle déploie sa tunique comme des ailes, vaste et chatoyante nuée d'étoffes, et s'évanouit, loin, très loin d'ici.

Avant de quitter l'île, je me mêle à la foule de touristes et je passe ma dernière journée comme si j'étais des leurs.

Après un café sur le port, je décide de monter sur l'un de ces petits ferrys qui rallient les plages au sud de l'île, en direction opposée de la maison du photographe. Là-bas, je passe une journée indolente sous un parasol de paille, à ne rien faire sinon écouter le doux refrain des vagues. Je nage dans une eau claire et quiète comme dans un songe. C'est une journée de fin d'été, quand le soleil se fait plus doux et la mer tranquille, et même les cigales ralentissent le rythme de leur crissement. Le cirque autour de moi, pinèdes, pierres sèches, terre tressée de végétation blanchie, étend son paysage. Un papillon se pose sur ma chaise longue, aux motifs ordinaires couleur de terre bordés de brun – une créature des sables, millénaire. Il reste sans bouger, les ailes repliées et abandonnées au vent léger, et je me dis que la solution se tient là, dans cette absence de résistance, dans cette beauté confiante qui n'a d'autre fonction que celle d'aller et venir au gré des brises marines.

Les pieds dans l'eau, un homme sifflote en regardant la mer. L'écho m'apporte sa mélodie comme s'il se tenait tout près de moi. Quelques notes sifflées en boucle chantent le bonheur d'être là, pas besoin d'y réfléchir, l'air se présente à ses lèvres et à ma mémoire comme une évidence. Je reconnais sa joie.

Elle est taillée dans la même étoffe que la mienne. Une pensée simple et jubilatoire vient avec. *Je voudrais que mes enfants soient là.* Cette fulgurance me relie au monde et au présent plus que parfait.

Strangers in the night... Je fredonne encore en bouclant ma valise et en montant sur le bateau qui me ramène au Pirée. Je m'attarde sur le pont arrière, le temps de gagner le large et que l'île s'enfonce dans les vapeurs de chaleur. Le sillage écumant comme une glissière se referme dans une trajectoire sans retour et je vais dormir à l'intérieur jusqu'à destination – un restaurant pour touristes où ma quête prendra fin.

Le dispensaire de l'île a prodigué les soins d'urgence en attendant qu'arrive l'hélicoptère.

Nous avons été transférés tous les trois à Athènes, où Guillaume est resté hospitalisé pendant douze jours, enchaînant complications sur infections. Jeanne et moi passions nos journées à errer dans les couloirs de l'hôpital, hagardes, que nous ne quittions que pour aller dormir dans un hôtel dont je me rappelle le nom tant il était à contre-emploi – le *Majestic*. Jeanne s'extrayait rarement de son silence, puis elle a fini par ne plus parler du tout.

Guillaume m'a demandé pourquoi son père n'était pas là. J'ai regardé le petit bonhomme livide branché à ses machines effrayantes, incapable de trouver une réponse de mère – à la fois sincère et rassurante. Même si d'apparence mon corps était intact, j'étais tout aussi blessée, malade à en crever, d'une affection honteuse qui ne se laisserait pas facilement soigner. Je n'ai rien répondu et sans doute pour cette raison, il ne m'a plus jamais questionnée à ce sujet.

Quelques jours après notre arrivée, Jeanne a été prise d'un malaise et elle s'est effondrée sur le lino de la chambre de Guillaume. Les examens ont révélé une anémie sévère et les médecins ont estimé qu'elle aussi devait être hospitalisée. On m'a interrogée, longtemps, et j'ai répondu comme j'ai pu aux questions soupçonneuses. *What happened to your children?*

J'ai passé seule les dernières nuits au *Majestic*, à respirer un air si épais que mes poumons ne parvenaient plus à se déplier. Par la fenêtre de ma chambre, j'ai regardé le désordre des rues jaunes d'Athènes, rejetée par le présent autant que par le passé. Le néant avait ouvert ses bras et m'engloutissait, comme un enfer dont on ne peut pas s'échapper et qui n'offre aucune étendue vers laquelle se tourner.

Nous sommes rentrés à Paris par avion sanitaire, laissant derrière nous Pierre, la maison du photographe et nos espoirs déchus. Parfois, j'essaie d'imaginer les traces de notre passage, là-bas sur l'île, nos vêtements encore pliés sur une étagère ou fourrés à la hâte dans une valise restée ouverte sur un lit. Inertes, ils attendent je ne sais quel recommencement cependant que nous avons tant varié – et je jalouse la permanence des objets. Mais je sais que rien ne demeure. Rien qui ne subisse sa propre altération. Le désordre augmente, c'est inéluctable. Là-bas, le temps a imprimé sa trace, nidifié ou rongé nos empreintes – une dégradation qui proscrit toute perspective de retour en arrière.

Les mois qui ont suivi ont été rythmés par les convalescences, les rechutes, les combats. J'ai déménagé dans le XVe arrondissement de Paris, rue de la Convention. Pierre s'est installé en Bretagne, très vite, comme si tout était préparé à l'avance. Nous avons divorcé peu avant Noël, les papiers signés sans échanger un regard – tous deux murés.

Au prix d'immenses efforts, j'ai effacé de mon téléphone les photos prises durant l'été. A débuté cette vie qui n'en était pas vraiment une, à renfort de colmatages et de rustines. J'ai effectué ces choses qui nous étaient indispensables, obtenant parfois un surplus de confort qui n'était pas désagréable. Le soin apporté aux autres, et notamment à mes enfants, me distrayait de mes propres tourments. Sans cesser de jeter du sable sur le feu, je me suis chaque jour demandé s'il serait possible de vivre avec la potentialité du pire enfouie en moi. Puis j'ai compris que cette question était sans réponse.

On vit, c'est tout.

Au printemps, alors qu'il commençait à remarcher sans béquilles, Guillaume m'a raconté avoir été poussé dans les rochers. Nous n'avions jamais évoqué les circonstances de son accident et je nourrissais le maigre espoir que les aveux de Jonas n'aient été qu'une provocation.

Guillaume n'avait pas vu agir Jonas, mais il n'avait aucun doute. Après avoir chuté, il dit avoir relevé la tête vers le ciel. Jonas avait disparu des rochers, mais un oiseau planait au-dessus de lui, à long bec et à l'envergure immense, une sorte de goéland, pense-t-il.

Je me suis souvenue de la fragilité du cou entre mes doigts et de la *rage salope* qui m'avait possédée. J'ai pensé que me taire aiderait à la reconstruction de chacun.

Je me suis contentée d'écouter.

Le port du Pirée est un champ de bataille où s'affrontent misère locale et voyageurs d'agrément, cargos et colossaux porte-conteneurs à la limaille rouillée, à couple avec les ferrys bariolés et les yachts de luxe. Dès la descente de l'hydroglisseur, le touriste ne sait par quel vent se laisser porter – imprégnée au bitume poisseux, l'odeur de décomposition saute à la gorge. Pour s'extraire, on doit longer les quais écrasés d'une chaleur irréelle, éviter la braille des chauffeurs de taxi, qui, quand bien même on n'aurait nulle part où aller, vous attraperaient par la manche pour vous forcer à monter dans leur voiture défoncée. On charge, tête baissée, la valise à roulettes en bouclier ou comme char d'assaut. Les rues sont brouillées par une signalétique écaillée, quand on croit que c'est ici qu'il faut traverser, une armada de voitures jaillit contre laquelle il est inutile de jouer au plus fort.

Une sorte d'envers du décor sur lequel on préférerait fermer les yeux.

Selon les indications de la vieille femme, j'arpente les rues perpendiculaires au boulevard qui longe les docks à la recherche du restaurant *Minos*.

271

Les alentours du Pirée sont un vaste territoire implacable. Toutes les tavernes se ressemblent, avec un même foutoir de tables en quinconce coiffées de papier gaufré et du petit attirail de cure-dents et d'essuie-tout. Je ne m'impatiente pas. Ce sont mes dernières heures ici et la traque apporte au chasseur son lot de satisfactions. Puis, comme par miracle, le *Minos* jaillit d'une ruelle. Son auvent déchiré et ses maigres lauriers en fleurs fanées délimitent une terrasse de guingois. De tous les bouges, c'est le plus pouilleux – le moins désirable. Une taverne pour touristes égarés en mal de solution.

Cela tombe bien. Égarée, je le suis. J'ai épuisé toutes les combinaisons. Je suis Ariane, l'abandonnée du labyrinthe. La miraculée du passé. Pour cette ultime halte, je ne veux rien de beau, rien qui soit plaisant. Rescapée de la mémoire, je viens déposer au pied du *Minos* la pelote intriquée de mes souvenirs. Je ne veux pas vibrer. Rien ressentir. Juste voir, savoir, froides constatations et laisser derrière moi mes tristes oripeaux.

Je m'installe vers vingt et une heures à la terrasse du *Minos* et je commande les spécialités proposées par la carte – *Greek salad, grilled octopus. One beer.*

Malgré l'indigence des lieux, le restaurant est bondé. La situation en second rang et les prix modiques attirent une clientèle modeste, familles et étudiants venus s'alimenter sans ambition. La jeune femme qui fait le service est albanaise. Son tee-shirt est taché et elle porte un bandeau en éponge crasseuse autour de son front. Dans un anglais approximatif, elle m'indique que oui, je peux trouver Mr Salva à l'intérieur, derrière le comptoir. Un pansement grisâtre entoure son index qui se dresse lorsqu'elle dépose devant moi une assiette où un poulpe s'est noyé dans son huile.

Je commande une autre bière que je bois à petites gorgées tandis que la soirée goutte à goutte dans le sablier. Combien de chemins mènent au comptoir d'une mauvaise taverne ? Comment passe-t-on de seigneur à limonadier ? Je revois l'allure triomphante, les regards enténébrés et les lèvres qui chuchotent, j'entends mon rire fêler la nuit, électrisé par les étoiles, et le choc sourd de la balle qui rebondit contre les murs. Derrière le comptoir, qu'y a-t-il à voir ? Pris en étau entre le papier tue-mouches et les bidons d'huile d'olive, quel revenant a achevé son errance ici ? Et que penser de mes trajectoires dont l'une, celle-là plutôt qu'une autre, m'a conduite jusqu'à cette soirée de fin août ? Pourquoi gesticuler, élucubrer, s'obstiner quand chaque note, à peine sonnée, retombe dans un dérisoire oubli ? Il suffira de retourner le sablier et hop ! tout recommencera. Une nouvelle fenêtre s'ouvrira par laquelle s'envoleront les tasses à thé ébréchées, les papillons traîtres et les mains d'or – la table sera rase.

Alors que le service bat son plein, je me rends aux toilettes. À l'intérieur du restaurant, les nappes sont taillées dans un écossais orangé et les chaises en bois noir se veulent plus chic. Aux murs, de grandes photos sépia rappellent la splendeur des chanteurs et des stars déchues, clients d'un soir de gloire venus attester le lustre des lieux. Sans jeter un regard vers le comptoir, je m'enferme dans le minuscule réduit et tandis que je lave mes mains au lavabo, la voix tonitruante vient perforer les dimensions du temps – la corne d'un éclaireur qui confirme que je ne me suis pas trompée. C'est la bonne heure, et l'endroit qu'il se doit.

Je croise le fer de mon regard dans le miroir. *Je suis prête.* Toutes les énergies déroulent leur joyeux falbala de roule-tambour et de flonflons, les trous noirs et les matières vives embouchent leur trompette et voilà que le cor sonne ma bonne fortune, voilà que s'ouvre ma route. La voix continue de claironner derrière la mince cloison sans se douter de ce qui se trame – et que se trame-t-il ? L'instant n'est qu'une étape, une bataille déjà remportée. Le temps pourrait se suspendre que ce serait gagné. Je suis parvenue là où la lumière se fait, où les mémoires confluent vers un présent universel, un référentiel unique – le mien.

Je pourrais passer mon chemin.

Mais je n'en fais rien.

Le *Minos* ferme ses portes vers vingt-trois heures – l'heure du dernier bateau vers les îles.

Je suis déjà en poste à l'arrière du restaurant, factionnée dans une ruelle sombre. Un fumet fétide vient de la droite, où la masse claire d'une benne à ordures se dessine dans l'obscurité. À gauche, les pavés descendent sur quelques dizaines de mètres vers le quai et l'eau noire.

La porte arrière du restaurant est surplombée d'une ampoule nue. Au-delà du halo, c'est la nuit, profonde et soyeuse, pleine de promesses.

Tapie dans l'ombre, j'attends.

Il sort peu avant minuit. Sous l'éclairage flavescent, il allume une cigarette dans une inspiration nerveuse, frotte son crâne et étire son dos. Il est éreinté.

Je ne bouge pas. Mes yeux de chasseresse affamée détaillent tout ce qui s'offre enfin à leur vue. Le débardeur sur les épaules. Le pantalon qui cintre le ventre proéminent. Les sandales défraîchies. Une fine moustache, comme un lierre le long d'une corniche, surligne la lèvre et vient mordre sur les joues, loin de part et d'autre, à la façon d'un postiche.

J'examine le relâchement. Le froissement de la peau. L'impermanence de la beauté. Les ors ternis. Je prends la mesure des mirages. Mes yeux se dessillent. Enfin, je vois.

La cigarette est écrasée sous la semelle. L'homme jette un œil sur son téléphone, une minute entre deux sans intention autre que de distraire l'ennui. Las, il lève la tête vers le ciel et laisse s'échapper un regard vide dans une étendue qui l'est autant. Puis une perturbation attire son attention et il tourne la tête vers la silhouette qui vient de passer de l'ombre à la lumière.

Des lanières en cuir grimpent sur mes chevilles. Le tube noir autour de mes hanches ondule comme un balancier et les rubans de tulle festonnent la nudité de mes seins sur lesquels l'homme rive des

275

yeux ahuris. À moins que ce soient les colliers qui le médusent, de longs sautoirs carillonnant autour de mon cou comme dans un bazar oriental.

Je franchis le faisceau lumineux et je patrouille autour de lui, théâtrale, lente et grave comme il l'a si souvent fait dans mes songes. Pour le salut final, j'ai revêtu mon plus bel équipage. Je viens tirer ma révérence apprêtée comme dans une mascarade. L'un m'a aimée esclave ? L'autre m'a rêvée filante ? Tous se sont trompés. Personne ne m'a encore rencontrée. Au passage, je le frôle, rosse, une caresse félonne, une minauderie bouffonne. Je frotte ma joue contre la sienne. Une odeur de cuir chevelu et de sueur se mêle aux relents d'urine.

Il pue.

Il baisse la tête. J'attrape ses cheveux et astreins son regard, m'enfonçant dans ses yeux noirs que je me rappelle si bien. Combien de fois ai-je rêvé cet instant, parvenue à la jonction entre hier et demain, brûlé de tenir le plus coriace de mes fantômes, faire de lui *ce qui me plaît* ?

Il tente de se dégager, mais mes forces sont décuplées. Je ne danse plus. J'ordonne. Regarde-moi. Son visage se déforme dans une grimace grotesque. Je siffle entre mes dents, hargneuse. Je répète. Regarde-moi.

Ses yeux fuient, descendent vers les colliers. Il approche une main qui n'ose pas, son regard revient à moi et ses lèvres balbutient. Sur sa joue, roule une larme, pathétique émotion gâteuse.

Toi, je t'aimais, gémit-il. Elle ne l'a pas supporté.

J'ai relâché ses cheveux. Mes bras se sont ouverts, n'obéissant qu'à eux-mêmes et à une pulsion d'une infinie douceur. Un courant chaud a recouvert ma rage glacée et fait fondre tout désir de vengeance, ma colère avalée par un instinct souverain m'adjurant de laisser filer.

Un long soupir d'apaisement a soulevé ma poitrine et mes mains se sont posées sur celles de Salva. J'ai senti le flux circuler – de moi à lui, pour la première fois. Il a mis sa tête sur mon épaule et nous sommes restés ainsi, réduits à l'inachevé. La dernière pièce venait de s'emboîter au moment même où le puzzle avait fini d'exister. Aimer, ne pas l'être... Aucune parole, aucun aveu n'avait plus d'importance. À cet instant, seule comptait la douceur qui palpitait au-dedans. Voilà qui me *plaisait*. Ainsi je clôturais le chapitre. Salva pouvait bien dire ce qu'il voulait. Je n'avais rien à ajouter.

Lorsque j'ai rouvert les yeux, Salva avait disparu et la nuit avait repris son insondable velouté – à croire qu'il ne s'était rien passé. Je me suis lentement dirigée vers le port. À cet endroit, le quai surplombe la mer d'au moins trois mètres. Les nombreuses amarres qui retiennent les bateaux forment un maillage inextricable. Il était temps d'abandonner les fardeaux, d'accepter que restât derrière moi le passé, et consentir à ce qu'il se détache de moi.

À peine frémissante, la mer a ouvert une bouche furtive, avalant les colliers que je lui donnais à manger, puis la surface inaltérable s'est recomposée. Rien ne laissait supposer qu'en son fond reposaient à présent mes violents désirs de possession ou de dépossession – ce qui paradoxalement revient au même.

J'ai jeté un œil. Il n'y avait personne ce soir-là sur le port du Pirée. Personne pour admirer ma grâce et la débiter en morceaux – jambes, seins, yeux… Personne pour poser sur moi son regard de boucher. Je suis une étoile qui brille même quand on ne la regarde pas, ai-je pensé.

Dans mes mains, un peu de matière effritée était restée collée – de la terre glaise dont je croyais être façonnée. J'ai frotté mes paumes et mes ailes se sont dépliées.

Je me suis envolée.

Un doigt. Un autre. Un troisième, hésitant. Trois jalons, ça pointe déjà une voie.

Retour au doigt de départ. La boucle se boucle sur une mini-narration dont personne ne peut dire ce qu'elle ébauche. Je recommence. Un, deux, trois, un. Les quatre notes dévoilent une sorte d'annonce, un motif encore neutre qui s'enchâsse dans son jumeau. Je récidive en modifiant l'impulsion, plus sautillante, puis je relâche – je m'amuse déjà.

À gauche, s'invite un double *ré* frappé comme sur une porte un soir d'orage. Une solennité en contraste avec la ballade joyeuse à droite. Les ondes élastiques se propagent le long de mes bras et viennent mourir en mon centre. C'est doux, c'est chaud, c'est apaisant. Ça fait vibrer au-dedans comme rien venant de l'extérieur – ce qui vibre n'appartient qu'à moi.

La mélodie s'allonge, se déploie, s'enrichit – ma mélodie. Un accord survient, inattendu, plusieurs prennent la suite, coulent de source. L'harmonie s'enhardit, tel un arbre encore vert qui s'élance vers le ciel, à l'écorce lisse comme un abricot, non, mes doigts en décident autrement, l'arbre est trapu et vieux de cent ans, ses branches rampantes sont sculptées d'idoles…

J'ai le choix. C'est moi qui compose la forêt. Moi seule fais chanter le clavier.

Une voix chuchote à mon oreille. *C'est dommage que tu aies arrêté le piano, tu étais douée.*

Je cesse de jouer et je relève la tête. Oh… Si je m'attendais à ça ! Autour du piano, une petite foule s'est attroupée. Des dizaines de paires d'yeux posées sur moi espèrent que je vais reprendre l'histoire là où je viens de l'interrompre. Que se passe-t-il après, demandent-ils, nous voulons la suite, ne nous laisse pas sur notre faim ! Ces voyageurs ont stoppé leur course pour m'écouter, et on sait combien ils sont pressés, ici, il y a toujours un avion à prendre, ou un fuseau horaire à synchroniser. Pourtant, ils s'accordent une pause entre deux dérangements, jeunes ou vieux, grands, petits, maigres ou replets – parce que ma musique leur plaît.

Une petite fille s'exclame, joue encore, si tu as le temps !

J'ai le temps. Je suis en avance. J'ai pris de la marge, beaucoup, pour un jour comme aujourd'hui, je me suis autorisé toutes les prudences, pas question d'être en retard. Et j'ai eu raison. Parfois, le *timing* est bon. Grâce à ce temps d'avance, il y a ce piano sous le grand hall d'aérogare, mis au travers de mes pas perdus. Il y a mes mains, en suspens à quelques centimètres des touches, d'un coup hâtives de redécouvrir les octaves, et ma musique qui retrouve son cours dans le vortex des partitions délaissées. D'ici à quelques minutes, il y aura mes enfants serrés dans mes bras, pleins de toutes ces choses grandes qu'ils ont accomplies et qu'il me tarde de découvrir. Dans cinq mois, c'est Thibaut que je viendrai chercher dans ce même aéroport, dont il sera enfin temps de faire la connaissance. Ce qui me laisse tout le loisir d'aller faire un tour du côté de Lyon, où mon père tient la tête d'affiche d'un congrès de médecine. Un vieux monsieur qui peut-être compte ses jours.

Je souris à la petite fille à côté du piano. Elle me rend mon sourire et attend, ignorante de l'inexorable fugacité de sa jeunesse, coûte que coûte en transit d'un point *a* vers un point *b*.

Encore ?

Oui, affirme-t-elle, héroïque.

Je baisse la tête vers le piano et mes mains qui ont tant à raconter se remettent à parler.

De la même auteure :

Dans la remise, Flammarion, 2014 ; J'ai lu, 2016.
Quelqu'un en vue, Flammarion, 2016.
Bon genre, Fayard, 2019 ; Le Livre de Poche, 2020.

Composition réalisée par PCA

Achevé d'imprimer en mai 2021 en Italie par
GRAFICA VENETA
Dépôt légal 1re publication : juin 2021
LIBRAIRIE GÉNÉRALE FRANÇAISE
21, rue du Montparnasse – 75298 Paris Cedex 06

18/8778/1